まえがき

数年前、雑誌やネットでの流行《はや》りに影響されたのかもしれないが「遺書」を書いた。「遺書」を残すほど心配する財産があるわけでもなく、子供たちに指示することがらも別にない。改めて何のためにと自問していた。

僕の義兄貴《あにき》が自分の会社の幹部を集めて塾を開き、毎年遺言状を書かせていたことを思い出した。泣きながら書いていた幹部もいたという。それなりに家族に残す言葉を考えることで、自分の仕事への向き合い方に変化が生まれるので、「遺書」を書くことは意味のあることだと、彼は強調していた。

そういわれて書いてみると、普段振り返らない過去の出来事が懐かしく思い出されて、書くこと自体が面白くもあった。

今改めて書き下ろすことにしたのは、自己確認とこの文書を見る人がいたら生き方の何らかの刺激になればよいという淡い期待があるからだ。

読んでもらう対象は別に考えてはいない。同時代の人も、それぞれ生き方が違えば関心や興味も違うだろう。若い人はなおさらだ。特に言葉についてはその思いは強い。

かつて、パチンコ店で働いていた時ホールで不審な二人連れが目に入り、アルバイトに注意を促そうと思いインカム（無線機）を取った。

「不審なアベックが正面から2コースに入場、注意してください」。するとアルバイトたちから「アベックって何ですか」という質問が相次いだ。

今の若い人には「アベック」という言葉は使われていないようだ。一緒の男女は「ペアー」と言うそうだ。そういえば「月賦」という言葉も耳にしない。今はローンだ。

時代によって言葉も変わる。普段使わない言葉は理解しがたい。

思い出すことがあった。高校時代ドイツの哲学者カントを読んでみようと本を買った。その一ページ目から「表徴」という言葉をはじめ、知らない言葉が続いていて、皆目理解すら出来なかったことがあった。哲学って何？　というのがその時の僕の素直な感想だった。

日頃、目にしない言葉が羅列されていたのが哲学だった。

またこんなこともあった。一九八〇年代の半頃だったか、店で働いている若い人と意思疎通を図ろうと色々と話しかけた時、「自分」「私」という言葉がまるで違う世界観に根差していることを感じたことがある。

「それは私に関係ないことです」

「私の中に入り込まないでください」

もうその「私」のところから相手との会話ができないでいた。

僕たちの時代は「自分はこう思う」「私はこう考えるが君はどう考えているのか」という風に自分の存在を「私」として主張し、同時に相手の「私」を尊重していたが、その時話をした若い人は他人とは関係なく自分の世界、自分の「私」を作っているようだった。

それを強く感じたのは、当時有名な歌手が自殺し、あとを追うように若者が自殺した時だ。

その時思ったのは、自分の内なる世界に君臨した歌手が死ぬことで自分の世界が崩れてしまい「私」の存在する理由が無くなったのではないかと。

自分が他者と渡り合いコミュニティの手段としての僕たちの「私」がそこにはなく、閉ざされた「私」という言葉だけが存在しているかのようだった。

誰もが普通に使っている言葉のようだが、時代や人によって意味も違ってくる。

したがって、会話だけでなく書くことの目的も、実は対象があってないものだと考えた方が気も楽になる。

自己満足ではなく、自己確認の作業として書いてみて自分の後始末をすることにしよう。

「ハルモニ、歌ってあげるね」——アイヌ、コリアンと共に生きる／目次

「ハルモニ、歌ってあげるね」

――アイヌ、コリアンと共に生きる

第一章　日高山脈に抱かれて

父母の来歴――戦争をはさんで

古希となってしまった今、知人友人の野辺送りを繰り返す中で、ふと自分の人生を振り返ることが多くなった。

死に接してどんな気持ちで死んでゆくのか。一人でそんなことを思いめぐらしても、何の解決にもならない。人はいずれ死んでいくものだから。

だが、この間生きてきたことに何の意味があるのか、否、何をしてきたのか、どう生きてきたのか、そして死ぬまでどう生きてゆくのか。

取り留めもなく考えるのは惰性で、脳みそを疲れさせるだけだ。

ただ、生きることを考えると、僕の親父やお袋の生き方が脳裏をかすめる。

親父の安藤峰清は、一九二一（大正一〇年）九月一五日、北海道虻田《あぶた》郡洞爺《とうや》村字洞爺町で生まれた。

室蘭の高校を出て大きな鉄工所に勤務していたが召集令状で軍に徴用され、樺太国境守備隊に配

生まれ故郷の洞爺湖

属され、そこでは訓練ばかりさせられていたという。家には雪上訓練の写真が数葉アルバムに残されていた。

終戦後食糧庁に入り、検査業務に従事していた。お袋とは実家の商店に買い物に来ていた彼女を見初めて結婚したということだった。

公務員らしく規則正しく、それは軍隊での経験が生かされていたのか、ごく真面目に生きていたように思う。僕はその真面目さが息苦しく、絶えず親父には反抗していた。

お袋は旧姓須藤節子で、一九二七（昭和二年）三月五日、樺太で生まれた。樺太は日露戦争後の一九〇五（明治三八年）九月五日、ポーツマス条約により北緯五〇度以南を大日帝国が領有し、北半分はソビエト連邦が領有した。一九四四（昭和一九年）には三九万二〇〇〇人の人口があり、豊原市には樺太庁がおかれていた。

実家は毛皮類を扱うのが生業《なりわい》で、豊原のど真ん中で大きく商売をしていたという。

使用人が多く働いており、お袋は食べるものからすべて作ってもらっていたお嬢様育ちだった。

使用人は朝鮮人、ロシア人たちで、お袋は片言の朝鮮語とロシア語が分かっていたようだ。

実家から樺太支庁の前庭を横切り毎日豊原女学校に通っていたという。アイヌ語学等で有名な知里真志保(1)先生が勤務しており、お袋も先生の授業を受けていたという。

「面白い先生で、晴れた日には外に出て木陰を教室代わりに授業をしていたことを思い出す」と、後日語ってくれた。

知里先生のことを話すお袋は本当に懐かしそうだった。

思うに、その時は知里先生の死去を知らせる新聞記事かラジオを聞いて、その思い出を僕に聞かせたのかもしれない。僕はその時、小学生だった。

一度お袋に戦争のことをそれとなく聞くと、終戦時の感想として「戦争が終わって本当に良かった」と言っていた。玉音放送を聞いて万歳をしたかったそうだ。

開けた人で、戦争という非人間的なことが嫌でいやでたまらなかったようだ。

その後ソ連軍が侵入(2)して来た時には、働いていた朝鮮人やロシア人に助けられ屋根裏にかくまわれたという。

(1) **知里真志保**　一九〇九（明治四二年）～一九六一（昭和三六年）、アイヌ民族でアイヌ語学者。東京帝国大学言語学科卒業。一九四〇～四三年豊原高等女学校で教師をしながらカラフトアイヌ語の調査を行う。のち北海道大学教授。知里真志保の姉に『アイヌ神謡集』を出した知里幸恵、一九〇三（明治三六年）～一九二二（大正一一年）がいる。一九歳という短い生涯だった。アイヌ伝統文化の復権復活に姉弟が大きな貢献をしたことで有名。また、真志保の兄で幸恵の弟知里高央《たかなか》も教師をしながらアイヌ語の語彙研究に従事していた。
(2) **ソ連軍の侵入**　一九四五年二月、米英ソ三国の首脳がドイツ降伏三カ月後に、対日参戦することを条件に南樺太と千島列島引き渡す密約を与えたヤルタ協定に基づいて、一九四五年八月九日対日宣戦布告し南樺太に侵攻した。ここから沖縄戦に続いて日本最後の地上戦が始まり多くの犠牲者が出た。八月二〇日真岡郵便局事件等。八月二五日、赤軍が樺太全土を占有するまで戦闘は続いた。

お袋の立場では雇い主のお嬢様と使用人との関係だったが、使っていた朝鮮人やロシア人に対して差別意識はまるでなく、むしろ覚えていた朝鮮語やロシア語を小さな僕に誇らしげに披露してくれたことがあった。

助けられ急場をしのいで引き上げ船に大家族で乗ることが出来た（両親を入れて八人ほど）。長男だけは航空兵として従軍していたが、終戦時には家には戻ってきていなかったようだ。

引き上げ船では、前後の船が洋上でソ連の潜水艦に捕捉され魚雷で沈められほぼ乗員全員死亡したという。ソ連の潜水艦は魚雷を船に当てた後浮上し機銃で助けを求める洋上の避難者に乱射し全員を殺したという(3)。

戦争の残酷さや悲惨さは文字や映像で追体験できるが、船が沈められお袋がいなくなっていたら、と考えると背筋がゾッとする。

戦争が長引けば事態はもっと悪くなっていただろう。心底、戦争は嫌だと思う。引き上げ船が出た時日本の護衛はなく、船が沈められてもなす術はなかったようだ。

お袋が助かったことで、今自分が生きていることのもう一つの意味が見えてくるような気がする。それは生かされたことに対する答えであるのかもしれない。

長女だったお袋は戦後の物不足の中、六人の弟妹を食べさせるため代用教員などしてお金を稼ぎ、またお嬢様だったので何も分からないなか、戦後になって慣れない食事作りも始めたという。

僕が物心ついたころお袋の引き上げてきた実家の家に行ったことがある。その家は小さな掘立小屋で、入り口を上がると四畳半一間だったと思う。脇に布団を仕舞う棚があり、そこに七～八人寝泊まりをしていたのだ。

結婚してからのお袋は公務員の妻だったので少ない給料を補助するために、内職や外仕事など終生働き詰めだった。現在と違い当時公務員と民間労働者・社員とは給料の差が大きく、毎年人事院から民間並みの給料をという勧告が出ていたことを当時僕は知っていた。

そんなお袋にとって生き甲斐は子供の成長以外に考えられなかっただろう。だからどんなことでも歯を食いしばって働いていたと思う。

お袋や親父のように歯を食いしばって貧しい時代を生きることが、今の自分に出来るかと問われれば答えに窮する。

じゃあ、お前は何なのだ、どう生きてきたのかということになるが、親の期待に何一つ応えることが出来なかった。親父は六〇代半ばで亡くなった。

人は一人では生きられない。親子の関係で生かされた命をどう子供として使ってきたのか。そう考えると、今になって親には頭が上がらないことに気づく。

我が家のルーツ探し

（3）**三船殉難事件**　一九四五（昭和二〇年）八月二二日午前四時二〇分、六〇〇人の乗客と一〇〇人の乗組員を載せた小笠原丸がソ連の潜水艦に電撃で撃沈された。死者六四一名といわれる。午前五時一三分疎開者三四〇〇名を載せた第二号新興丸がやはりソ連の潜水艦の魚雷を受け大破、その後浮上した潜水艦から銃撃を受け船からも対空機銃で応戦し避難。四〇〇名ほどの犠牲者が出た。午前九時五二分、七八〇名の乗客を乗せた泰東丸が潜水艦の砲撃を受け、白旗を掲げたのにもかかわらず攻撃が続き、載せていた機関銃で応戦したが二〇分後に沈没。六六七名死亡したといわれる。

自分のことを考えるため、ひょんなことから始めたルーツ探しという自己確認という作業がある。それは、どういう経緯で調べ始めたのかは今となっては釈然としないが、洞爺湖町の親戚から送ってもらった家系図を手掛かりに歴史探索ぐらいの意識で始めたのだ。

以前流行ったルーツ探しが脳裏にあった。自分がここに生きていることとの必然的なつながりを求めて、先祖の生きてきた時代なり背景を知ることで先祖の苦労を思い、今の時代に向き合った自分の発見ということか。

僕のお爺ちゃん（安藤延一）は、今の香川県出身で次男であるがゆえに家を出ることになり、同県出身者を募り開拓することで土地が得られるという理由で北海道に渡り、洞爺湖開墾に従事することになった。

その香川県も一度愛媛県となった後に香川県として分立した県である。

お爺ちゃんは洞爺湖畔でお米やお酒、日常品を扱う商店を経営していた。

虻田の駅からバスで山を越えると真ん中にある中の島を囲むように洞爺湖が広がる。周りは緑の木々に覆われ、秋には山一面の紅葉が湖水に映り、洞爺湖の湖岸に沿って競い合うように紅い葉の茂みが波間を覆う。湖面から見上げると、小高い山々を威圧して、洞爺湖を望むように蝦夷富士といわれる羊蹄山《ようてい》が構えている。

駅から登り切ったバスが山頂を経て坂を下ると洞爺温泉街が控えている。お爺ちゃんの村はその反対側にあり、向こう洞爺とよばれていた。今は洞爺湖町になっている。

僕はその向こう洞爺の道並に立つ商店の奥部屋で生まれた。

親父の転勤先から毎年正月とお盆は電車を乗り継ぎ実家に行くことが習わしとなっていた。途中の駅弁がおいしく、車窓に広がる太平洋を見るのが楽しみだった。だから僕はいつも海側に席を取った。

晴れた日の空の青さと、その下では横一列に畳み込む白波とのコンストラストの妙、雨交じりには沖合いはるか向こうに雷光を放ちながら海の淵を彩る雷が見えた。それは天空の演ずる芸術となって見ている僕に感動を伝え、雲と雲が重なり合って天を覆うなかで、隙間から抜け出したような光の一条の衣が、覆っている雲を鮮やかに照らし出す。

太平洋の海を食い入るように見つめ続ける僕にとって、目の前の自然の絶え間ない変化程面白いものはなく、疲れたら寝て、起きたらまた見続けながら汽車旅を楽しんだものだ。

実家で印象深かったのは、帰省した親父が家に入ると真っ先にお爺ちゃんの前に膝まづき三つ指をついて挨拶をする。そして僕にも同じように挨拶をさせた。

僕から見るといい大人に見える親父もお爺ちゃんの前では子供として振る舞い、そこに親子関係の厳しさを感じたものだ。そのような厳しいしきたりを、幼い僕は怖いと思った。

違いを驚きとして感じたのは正月のお雑煮で、塩餡《しおあん》のお餅をストーブであぶった後に雑煮として出されたことだった。四角い餅しか知らない僕にとっては驚きだったが、香川の生家での伝統だという。

家には年寄りのお爺さんがいて、いつもストーブの傍で紙を畳むように折っていた。聞くと老人なので自分の痰受けを作っているのだということだった。

山形県出身の人で、入植時持ってきたというさくらんぼの木は商家裏に立っていて太く高く成長していた。僕はその大きな木を伝い登りして枝に腰掛け手の届く範囲のさくらんぼの実は美味しく、おなか一杯食べたものだった。

山形県出身のお爺ちゃんは、親父の父であるお爺ちゃんの洞爺での開拓の先輩として待遇され、老後の面倒をお爺ちゃんが見ていた。

自然に恵まれ空気も澄んだ洞爺には毎年行って、夏は裸になり湖畔で水遊び、近所の子供たちとは畑の中を飛び回って遊んでいた。

おばあちゃんは胃がんを患っており、横になっていることが多かったが、やさしい人で子供の僕にとって大好きなおばあちゃんだった。写真で見るとアイヌのハーフそのもので、年の近い妹と芸事をしていたようで唄もうまかった。

後年、僕は親父におばあちゃんとアイヌの関係を聞いたことがある。返事は簡単な一言だった。

「北海道に住む大半の人間にはアイヌの血が入っているんだ」

この洞爺村の入植は明治二〇（一八八七年）に始り、讃州丸亀藩の元藩士の三橋政之を団長として数次にわたって入植したと記されている。

その時から幾人かの安藤の名前が洞爺村史に見えるが、お爺ちゃんがどの時点で入植したのかは分からない。

明治一〇（一八七七年）の西南戦争後のインフレと不況、それと地租改正で全国的に土地を離れる人が多かった。明治一九（一八八六年）に北海道庁が出来て北海道が開拓と土地取得という課題を持ち、また香川県には肥料に北海道の鰊粕《にしんかす》が送られてきており、香川県産からは塩が大量に北海道に送られていて、塩の値段が「あきあじ」（鮭）の取れ方で決まるといわれるような関係だったことも、香川県の人間を北海道に向かわせた原因の一つに考えられる。

僕は四国香川には未だ行ったことがないが、テレビで放映される瀬戸内海の風景を見た時、瀬戸内に浮かぶ島の一つが洞爺湖の中央に浮かぶ中の島に似ていたのが印象的だった。瀬戸内海に浮かぶ島を見ながら、洞爺湖の開墾が始まったのではないかと、僕は密かに思っている。洞爺湖と島を見て入植者は働き、生活していたのだ。故郷を捨てたのではなく、故郷と共にあったのだろう。

実家の安藤商店が大正八（一九一九年）に開設され、昭和八（一九三三年）「洞爺村地方振興委員」にお爺ちゃんの名前が見える。お爺ちゃんが入植して以降、どのようにして商店を開設したのかは詳《つまび》らかではない。洞爺湖畔には、安政五（一八五八年）に松浦武四郎が漢詩を残しており、昭和六（一九三一年）に与謝野鉄幹夫婦が来村し、その時の歌も残っている。また、小林多喜二も学生時代夏休みに数回訪れ、洞爺湖畔で過ごしていた。

風光明媚で過ごしやすい環境だったのは確かだ。このような環境にするまで、入植者の開墾の苦労はいかばかりだったのだろうか。

出来上がった道路と家に住み、水道や電化で暮らす現代人には、この当時の人々の苦労というものは想像もつかないだろう。反対に今の僕たちに教訓として残すことは、地震や洪水、噴火等で都市機能が壊滅し、危機的原初的な状況に直面した時の心構えと危機管理に行きつく。

こんな時、先祖はどう生き延びたのかという教訓が昔の人々の生活の知恵の中にあるように思える。自給自足の生活と精神。味噌や醤油、梅干しもお爺ちゃんたちは作っていた。他人任せの現代を、お爺ちゃんの時代から見ると「便利」では括れない現代の脆弱さと見えるのかもしれない。

お爺ちゃんが北海道に来るまでの安藤の系図を見てみた。

四国香川の系図は初代が現在のところに転居したとあるので、転居を契機に分家したものと思われる。

その地からの安藤家分家の初代として、その後の子孫はそれぞれの子孫の系図線でつながっていて、お爺ちゃんの代では上に長男がいて次男として生まれたようだ。

安藤家の系譜では親父で一〇代目となる。

家系図は昭和七（一九三二年）に調整され、昭和四八（一九七三年）に再製されたと記されている。そして記念碑を原庵に建立とある。この原庵は尼寺で代々尼さんが務めているという事だった。

昭和七年に初代夫婦の第二〇〇年忌仏事を執行したと記されている。

二〇〇年前というと享保一七（一七三二年）、しかも初代となって四〇年後に没したとあるので元禄五（一六九二年）頃に初代となったということだ。元禄時代で忠臣蔵や元禄の大地震、大飢饉のあった時代で、亡くなったころは吉宗の統治した享保時代だ。

また、調整された昭和七年は満州国が設立され五・一五事件もあり激動の時代でもあった。

系図をたどると、初代からすべての男子の名前が書かれている。女性の場合は跡取りとして婿を取って名字を継ぎ家系を守るという伝統があるようだ。系図の中で婿取りも多く、系図では男性で他の家の婿に入ったケースもみられる。

お爺ちゃんの実家の現在の跡取りも婿養子だった。

毎年五月に家系に載る人たちが集まり先祖を祭る行事を行っている。昭和四八年頃、親父も洞爺の実家に行きお爺ちゃんから家系の件を聞いていた。

また、お爺ちゃんも親父たち子どもと一緒に四国の実家に行っていた。思うに、親父は「藤原鎌足からの家系というが、昔は好きなように家系を作ったからな」と、あまり家系図を尊重していないようだった。

僕も信じるか信じないかは別にして、書かれていることには歴史上の興味があった。家系図には、それ以前の系図の件が書かれていたからだ。

まず藤原の姓を受けた藤原鎌足から始まり、花山天皇の時、寛和元（九八五年）関白道隆公の下知により祖先が下総国六万五千石受領安藤城に入部し、これをもって安藤為氏《ためうじ》と名乗り安藤家の元祖となる。

後醍醐天皇の時代、一四代目の次男が讃州三野郡高瀬郷に住居すると記されている。その後の一四代目が天正三（一五七五年）仙石権兵衛と戦って不利を被り一族上高瀬村に引越し浪人侘住居するとある。

その一四〇年後、現在の場所に転住して現在の安藤の初代となったという。移住後家運大いに栄えたと記されていた。

藤原鎌足から安藤為氏までは名前で調べたが出てこなかった。鎌足は大化元（六四五年）の乙巳の変、俗に大化の改新で蘇我氏を中大兄皇子と打倒した事件で信頼を得、後に天皇となった天智天皇から藤原姓を賜っている。出自は分からないが鹿島大社出身ではないかとも言われている。元々の中臣氏は祭司で鎌足の鎌自体鉄を表し渡来の人々と考えられる。

まず藤原の姓を受けた藤原の鎌足から始まり、花山天皇の時、寛和元年関白道隆公の下知により祖先が下総国六万五千石受領安藤城に入部し、これをもって安藤為氏と名乗り安藤家の元祖となる。

花山天皇と関白道隆は同じ時代の人で、寛和元年は寛和の変があったことで知られている。安藤城がどこにあったか分からないが下総国といえば鹿島大社のある茨城県を含むので含蓄《がんちく》はある。

後醍醐天皇の下知により足利尊氏と新田義貞が兵をあげ新田義貞が鎌倉幕府を倒すが安藤一族も行動を共にしたようだ。新田義貞が戦死（一三三八年）した後、弟の脇屋義助が中国・四国の総大将となり四国に渡ったが伊予の国府で病死したので安藤一族はここに定住することになったようだ。

脇屋義助の家臣に安藤兄弟がおり、この地に残り春日神社を立てたという。後に京都の春日大社から神霊代（御神体）を賜ったとのこと。春日大社は藤原氏の神様を祭っている神社でもある。また、天正一三（一五五八年）の戦があり、信長が亡くなった天正一〇年から三年後、秀吉の家臣仙石秀久が四国長宗我部を攻めた折、香川隊として戦ったものと思われる。香川隊は負け長曽我部もその一部を分譲したので一族を連れ上高瀬村に「引越浪人侘住居」したのだという。

讃岐に仙石秀久が封じられるが、その後の九州征伐から逃亡したことで讃岐は召し上げられている。それから一四〇年後、香川県高瀬町比地に移住した安藤がここでの初代として家系が続くことになる。ちなみに安藤家の家紋は藤原氏の藤の家紋で、同じ下り藤である。

家系図を調べた縁で、香川のお爺ちゃんの実家を調べ連絡した。お爺ちゃんは男二人の兄弟の次男で、長男が跡取りとして家系を継いでいた。

田舎では系をつなげることが大事で、その家も婿養子が系をつなげていることを知った。毎年一族が集まるという。一族のお寺、尼寺があるということだった。

北海道では、地方から入植した人が多いせいか、系をつなげるという考えは僕にはなかった。核家族が多い現代は墓の処理も含め、系の考えは希薄だ。

時代と言ってはそれまでなのだが、自分が生かされた先人に一時思いを巡らせることも必要なのかもしれない。ましてや、自分を生んでくれた両親のことを考えるのも必要なのかもしれない。心配ばかりかけ、最後まで何の恩返しもできなかったことを、今更悔いている。

僕の子供時代から、僕の知っている両親は歯を食いしばって生きていたのだ。

僕の子供時代

僕は一九五〇（昭和二五年）七月二四日に洞爺町で生まれた。

朝鮮戦争が始まり、後のキューバ危機(4)の時、いつ戦争が始まるのかという危機感が支配した時代で、まだ物不足が続いていた。

戦後、父が食糧庁に入り検査業務に従事していた関係で、僕は生まれてから引越しばかりしていた。

親父の初任地が日高地方の厚賀だったと聞いているが、電車の音の聞こえるところが僕の赤ちゃん時代。次は様似《さまに》か新冠《にいかっぷ》かその辺。幼くて場所の名前がはっきりしない。

そこでは幼い僕を自転車に乗っけて、襟裳《えりも》岬まで親父に連れて行ってもらった記憶がある。そこ

（4）**キューバ危機**　一九六二年の一〇月から一一月にかけソ連がアメリカの喉元、キューバに核ミサイルを配備。アメリカのケネディ大統領は、カリブ海でキューバの海上封鎖を実施、核戦争寸前まで緊張が高まった。

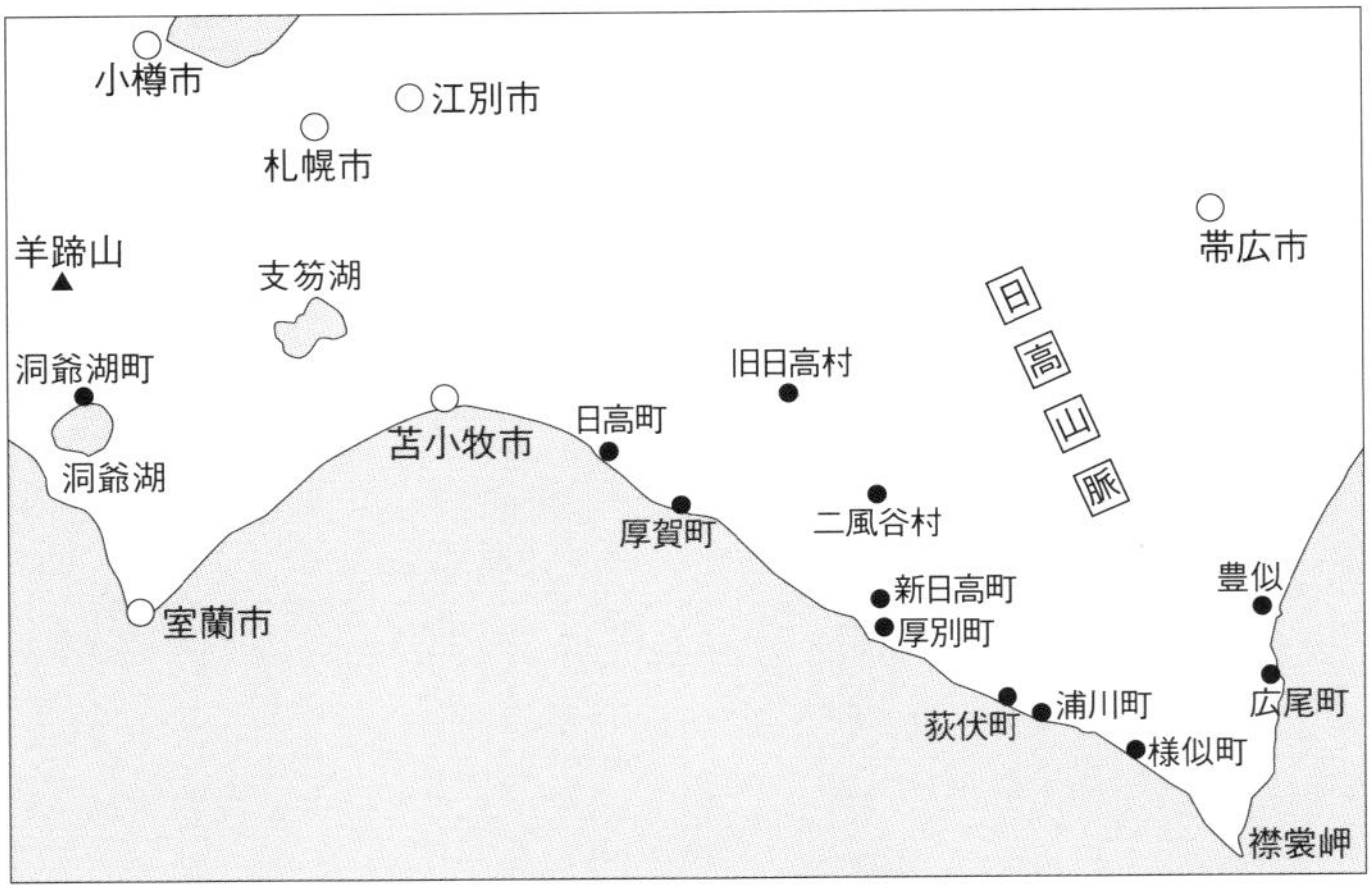

各地を点転々とした

は森進一の歌にもあるように草も生えない土むき出しの、何もない岬であった。

太平洋と日本海の打ち合うしぶきを臨んでから、親父と二人で崖を滑るようにして降り、波が打ち寄せる岩場の岩と岩を飛びながら渡って、そのまま海沿いに歩いた記憶がある。

襟裳岬は観光地として知られているようだが、実際は何もないただ突き出でた岬でしかなかった。土嚢を積んだような土色の背景を背にして、僕と親父の写った写真が残っている。

様似だったと思うが、知り合った同い年の友人のところに遊びに行くことがあった。お袋に弁当を作ってもらい、長い距離の坂道を上り下りして、ほうほうのていで行った先は山の中の神社で、社殿の前の広場にブランコや漕ぎデッキのブランコの様な乗り物があった。

そこで友人が男兄弟たちと一緒に大きな乗り物に乗り、小学初級のお姉さんに押してもらって声を出して楽しんでいた。

当時は、特に田舎では大家族で、その時の姉さんに甘える友人が羨ましく思えたものだ。

後日妊娠したお袋に、妹が欲しいか弟が欲しいかと聞かれたとき、姉さんが欲しいと返事をしたことを覚えている。

次に引っ越しをしたのは日高山脈の中腹にある日高村（沙流《さる》郡日高村）で、妹はそこで生まれた。小さな村だが集落の道角の魚屋がモダンで、いつも大音響でプレスリーをはじめ当時の洋楽を流していた。子供時代の思い出とは、目に残る風景と同時に音と匂いだろう。精米所の米の匂いが好きだった。颯爽と通り過ぎるトラックから吐き出されるガソリンの匂いも好きだった。

僕はその村にある、お寺が経営する保育所に通っていた。そこで教わった「原爆を許すまじ」の歌を今でも覚えている。「戦争はだめだよね。いけないことだよね」と言う保母さんの言葉と共に。

日高村に移った時、新しい官舎ができるまで市街地から少し離れた古い官舎を使わせてもらっていた。古い官舎の横隣りに、簡単な作りの一軒家があった。

土間の横に少し高くなった板間があるだけの小さな家で、同い年の男の子を含めて子供が四人程居た。隣なのでよく訪ねて行ったのだが、薄暗く子供心に寂しい家だったと記憶している。

裏には小さな畑に野菜を植え、羊を飼っていて一度、そのミルクを頂いたことがある。牛とは違う独特の味で、その時の僕にはなじまなかった。

そこでは、板間に年老いたおばあちゃんが座って居たが、いつもその子供たちは、「ババア、早く死ねよ。ババアが食うから俺たちの食う分が少なくなるからよ」と大きな声で責めていた。

おばあちゃんは、「わちだって、生きていたくないんだよ」と言っていた。

わちというのは、北海道の女性が自分のことを言う方言だ。僕は子供たちが平気で身内に死ねというのを聞いて恐ろしくなった。冗談ではなく本気で言っていたからだ。

親父から、あそこは職もなく貧しいんだ、あまり行くな、と言われていた。貧しいから、食の不安を抱えているからといって平気であんなこと言えるものなのか、僕にはその子たちの心の中が見えなかった。

大事にしている羊のミルクをもらったことを後悔した。

一度、遊びに行った時、同い年の男の子から丸い団子状のものをもらった。二、三個あったろうか。初めて見るものだった。

「俺たち食ったから、食べれや」。

僕は固辞したが、しつこく勧めるのでもらって食べた。何で出来ているのか分からなかったが、初めての味だった。それは彼らの主食だったのか。

僕が行くときは、いつも両親はいなかった。その家には小さな窓があり、木枠で塞がれていた。窓を開ける時は支え木をかけていた。

嵐で雷が激しく落ちている時、その家にいた僕はその窓を通して雷を見ていた。僕は雷が好きだった。雷が落ちる時、一瞬の雷光が周りを照らす。

その光景は昼間や夜の光景とは別の姿をえぐり出す。僕は照らされえぐり出された光景が綺麗だと思い、目を凝らして眺めていた。

一瞬の閃光は目に痛いが、その一瞬に広がる切り取られた自然の妙姿《みょうし》は何にも代えがたい一つの錦絵だった。田舎なので周りを遮る遮蔽物がない。だから周りの木や森や山々の全体が照りだされて全面の容姿を変え、あでやかな姿が鮮やかに浮かび上がるのだ。

その窓から様々な形で光り落ちる稲妻を見ていると、一回だけだが火の玉のようなものが二つ雲の合間に出て、それがぶつかって稲妻になる現象を目撃した。

初めて見た経験は後まで忘れることが出来ず、後に辞典で、そのような現象と名称もあることが分かった。（調べて分かったのは、球電現象と呼ばれるもので、雲間放電を行った後、地表に放電——稲妻となって落雷したのを見ていたのだと思う）

その後、その家のおばあちゃんが死んだということを聞いた。家に行くと、子供たちが嬉しそうに「ばあちゃんが死んでよかった。これで腹いっぱい食えるぞ」と言っていた。

やはりその頃のことだ。家の前の田んぼ畑で遊んでいると、いきなり雹《ひょう》に降られたことがあった。降るというのではなく、殴りかかってくるような激しいもので粒も大きく全身に当たって痛い。すると家々から人が出て来て僕に向かって「頭を押さえて畝溝《うねみぞ》に入って伏せろ」と叫んでいる。

両親と幼年期の著者

目の前は降り注ぐ沢山の雹で進むこともできず、僕は言われたように頭を抱え溝の中でうつぶせになった。

やがて雹は収まったが、周り一面雹の山で、中にはコブシ大の物もあった。近所の人が駆け付けてくれたが、子供心に自然の怖さを思い知った。

妹が生まれてから少し後、町中の新しい官舎に引っ越した。

日高村、荻伏町の小学校とアイヌの人たち

僕は日高村で小学生の一年間を過ごした。印象に残ることはあまりなかったが、校庭で黒い下敷きを通して日食を観察した記憶がある。

当時はテレビが家庭に入り始め、この村にも何件か購入した家があった。設置した家には周りから見に来る人が多く、設置した家も拒むことはなかった。

僕もディズニーに出てくるミッキーマウスなど見ていて楽しく、そんな楽しみに満ちた番組を見に夕食を終えてから当然のようにその家にテレビを見に行ったものだ。着いた時には、すでに数人近所の人がテレビの前に座っていた。

当時の公務員は今とは違い民間に比べ低い給料だったので、僕の家は購入する余裕はなかったのだろう。

ある時学校の帰り道で、途中にある電気屋の展示テレビに足が止まり、そのまま見入ってしまった。

暫く見ていると、後ろを青年団風の大人たちが慌ただしく交差していく。子供の行方が分からないという声が聞こえた。大人たちも大変だなと思いながらテレビに熱中していた。

やがて家に帰ると親父に怒鳴られた。大人たちが探していたのは僕だったのだ。帰りが遅く、学校に電話をしても行方が分からないことで騒ぎになったらしい。

青年団の人たちは、当の本人の後ろで捜索していたらしい。親父に怒られても、事の次第が僕の

不始末なのか、捜査の不手際なのかは今でも分からない。

日高村では夜、空が真紅に彩られることがあった。夜の八時頃だったろうか。有線ラジオではオーロラだと説明していた。北海道でもオーロラが出ることを知ったが、後にも先にも僕には初めての経験だった。

その当時のラジオは有線放送で、電話も兼ねていた。電話での会話がそのまま流れ、役場が管理をしていて、夜八時か九時になると終了する。

その後、急に親父の転勤が決まり、慌ただしく荷物をまとめトラックに乗り移動することになる。進級を待たず、友達とさよならも言えずその地を離れていく。

トラックの助手席の窓からは、保育所で一緒に卒園代表の挨拶をし、その後何かのことでもらったノートをあげた初恋の子が遊んでいるのが見えた。あっという間のすれ違いで言葉もかけられず、寂しい別れだった。


山の奥の日高村から富川の海岸に出るには、山沿いの切り立った斜面に沿って作られた、車一台がやっと通れる細い道路を進んでゆくことになる。

洞爺の実家に帰る時も通る道で、バスがやっと通ることのできる道を、対向車と出会うとどちらかがバックして広い路肩に車を寄せることで車を通すというシステムになっている。

それほど狭い道を通るので運転も相当気を使うと思うし、ベテランの経験者しか運転できなかったのかもしれない。

一度、雪崩《なだれ》で道が埋まっていてバスが止まった。乗客は渡されたスコップで道路に崩れ落ちた雪かきをしていた。除雪しなければ先に行けない。僕はバスの座席に座ったまま、寒さに震えながら窓からその作業を見守っていた。

進行方向左手に乗り座席の窓から外を見ると、下には道路はなくそのまま切り立った崖で、はるか下に沙流《さる》川が見える。平面道路に乗り馴れた人には、片面のない道路の怖さは分からないだろう。窓からは川向うに集落が見え、あれが二風谷《にぶたに》村といってアイヌ部落だよ、と説明してくれた人がいた。

開けた平野の二風谷村は耳慣れた村だった。

車に揺られて着いた町は荻伏《おぎふし》だった。日高支庁の支庁役場のある浦河の隣で、浦河には支庁に勤務していた親父の兄貴が住んでいてよく行き来をしたものだった。

親父の事務所兼住居の官舎は駅の傍だったが、町からは離れていて町にある荻伏小学校には自転車で通うことになる。二年生への編入だ。

荻伏駅は米などの検査場と農協の倉庫がそばにあることで、雑穀・荷物運びという当時の駅の役目があったようだ。人の交通手段というより物資搬送が重要視されていたのだろう。当然、人の多い市街地から離れていた。

僕たちが住んでいたのは、元浦河という所だった。駅を背にして通りから車の入る空間の奥に、親父が仕事をする食料事務所があった。その裏続きに僕たちの住まいがあった。

田舎ではほとんどの家がネズミ対策で猫を飼っていた。ネズミにお米を食べられないための予防措置だったのだろう。

当然家でも猫を飼っていた。僕の記憶が定かではないが、もともとそこで飼われていた猫か、そこに棲みついた野良猫だったのかもしれない。

道との同じ並びにある僕の家の隣に雑貨屋さんがあり、そこに柴犬に似た犬が飼われていた。コロと呼ばれていた。コロは僕になついてくれていて、僕もどこに行くにもコロを連れて歩き、田舎での少ない友人でもあった。

そんなコロがある日死んでしまった。僕は悲しかった。日が経ち、学校で作文を提出することになり僕は大好きだったコロのことを書いた。題は「コロの死」で、楽しく遊んだ日々のことを書き綴った。

ある日八木校長に呼び出された。校長は僕の作文をほめてくれ、なかなかこんな作文は書けない、特に、最後に書いた「翌日は、コロの死を悲しむかのように雨が降っていた」を、絶賛してくれた。朝礼の段上でも僕の作品を紹介してくれた。うれしかったが別段上手く書いたつもりはなかった。校長先生の気を引いたのは、最後に書いた一文を褒めてくれただけかもしれない。

荻伏でもそうだが、転校生というのはよくいじめられる。僕も例外ではなく、相撲をとるといっては派手に投げ飛ばされたり、転校生ということで嫌みを言われたこともある。

ある日悔しくて歯を食いしばって泣いていると、僕の隣でアイヌの同級生の女の子が泣いている。聞くと僕がかわいそうだという。僕は驚いた。僕のために泣いてくれる人がいるというのが驚きだった。

日高地方の荻伏にはアイヌの人たちが多かった。シャモ（和人―日本人）に対して戦いを起こしたシャクシャインの出た静内も近く、この荻伏も明治の地租改正以降の不在地主扱いで、それまで住んでいたアイヌは山の奥に移住させられたのだという。多くの土地は国のものや天皇の御料牧場となり、競馬の馬を飼育する広大な牧場が広がっている。

山奥の野深《のぶか》という所からも、同級生が通ってきていた。同じクラスだったが、当時の僕たちはつぎはぎだらけの服を着ていたが、彼はつぎの無いぼろぼろの服で靴も履いているかないかの状態だった。

僕と同姓の彼はシャモアイヌで、一年生の妹はまごう事無きアイヌだった。

シャモアイヌとは、シャモ（日本人）が自分で育てらずにアイヌ部落に子供を捨てたり、アイヌに養育を頼むこともあり、アイヌは貧しい中でもそんな子供たちを育てていた。

そこで育てられたシャモの子供も、アイヌ部落出身としてシャモアイヌとよばれ差別されていた。

二人とも休み時間は一緒で、他の人と話をすることはなかった。

そんなある日、体育館の隅にいるその二人に声を掛けた。「一緒に遊ぼうよ」

すると「馬鹿にするな！」という言葉を返し、二人ともその場を逃げるように去ってしまった。

僕は「馬鹿にするな！」という意外な言葉が理解できず、なんとひねくれているのだろうとしか思えなかった。

同じクラスだったので、教室では目が合うとにらみあっていた。

ある日彼の方から声を掛けてきた。ここじゃ見られるとまずいから外に出ようという。雨量を測る百葉箱のある芝の上に寝転がりしばらく話をした。

何を話したのか忘れてしまった。休み時間だった。憎み合った彼と話が出来たのは嬉しかった。

その時の彼は、彼と話す僕をかばうつもりで人目のつかない場所を選んだのだろう。

やがて学校では彼の姿が見えなくなり、妹も登校してはいなかった。

荻伏の町中を歩くと、アイヌの女性はよく買い物に歩いていた。エプロン姿が正装ということで、結婚している女性は口の周りに入れ墨をしていた。

普通に生活しているアイヌの人に、心無いシャモからの差別は多かった。

アイヌの子を虐《いじ》めるのに「あっ犬が来た」という言い方があった。そういわれる方の心の傷は思い量れない。僕の側で一緒に泣いてくれた女の子も、心の傷を涙で覆うことで共感してくれていたのかもしれない。

コロのいた隣の店のおばさんはいい人なのだが、「でも、やっぱりわちはアイヌが嫌いだね。アイヌの子が買い物に来ても売らないね。もっとも買い物をする金なんて持ってないだろうがね」と、言っていた。この時も、このおばさんがアイヌの何を嫌っているのか聞いていてよくわからなかった。

お金がないからか、顔立ちや容姿が少し違うからか、いずれにせよ僕には悪く言う根拠は何もないように思えた。

差別とは、そんな根拠のないもので、ひょっとして親がそう言うから子が真似ることの連続線上にあるのかもしれないと思った。

荻伏からは、内地の東京に出てアイヌの人たちの交流の場として東京ウタリ会を作った宇梶静江さんがいる。

荻伏の街からは少し離れた山間にある姉茶という処の出身だ。僕は宇梶さんとは後に知り合うことになる。

内地とは本州のことを言い、普通に使っていた。内地というからには北海道は外地となる。生まれた土地から離れない人も多い中で、内地のシンボルは東京だ。僕を含め田舎で生活する人間にとって、内地に行くことは憧れでもあった。

小学生時代の荻伏での生活は、学校も放課後家に戻ってからも友人と共に楽しんでいた。近くに住む同級生やその弟たちとスクラムを組み、主に山遊びに興じていた。少年探偵団を作り山の探偵という何を探偵していたのか良く分からないが、妙な活動を山の中でやっていた。崖からの飛び降り訓練や、夜半山にこもり暗い森林に響くふくろうの声に怯えたり、冬は一緒に小高い丘からのスキー滑りなど、精一杯楽しんでいたように思う。

その間、山の中では黒曜石で作られた矢ジリや土器の破片、珍しいと思える石の収集をしていて、ある時は野深につながる新しく小山を削った道路の壁面に化石が出るというので自転車で友人と化石採集に夢中になったこともある。

その時収集したものは後日半世紀後だが、イベントで展示することになる。

荻伏で四年間続けたのは、毎週日曜日教会に通うことと剣道の練習だった。

教会はお袋から勧められた。お袋はおばあちゃんがカラフト時代から信仰していた天理教を崇拝していたようだが、何故か教会に僕を行かせた。宗教に関心があるというより、信仰する心が大事だと考えていたようだ。

毎週、一円玉も混じった小銭を貰い教会の募金箱に入れた。聖歌を歌い、宣教師の子供向けの説法を聞き、最後に賛美歌を歌いアーメンで終わる。それが日曜日午前中の僕の仕事だった。

剣道の練習にも通った。剣道やらせたのは何かに熱中させせたいという親心からだったのだろう。田舎なので娯楽というものが他になかった。たまに来る映画には、古びた公民館に座布団を持って集まり、東映の中村錦之助や東千之助のチャンバラ時代劇に夢中になっていた。

親父は毎週土日、自転車で隣の浦河まで行ってパチンコをしていた。当時のパチンコは手打ちだったので、夜帰ってきた親父の手をもんであげて景品のチョコレートを貰うのが楽しみだった。

一度親父について自伝車で浦河まで行ったことがある。長い道のりだった。こんな苦労してまでパチンコを楽しむ親父の気持ちが分からなかった。ホールに居ても雑音と煙で長く居られず、表に出てぶらぶらしていた。親父の兄さんが近くにいたが行っても誰もいないと思い、近くにある浜辺に咲いているハマナスを見て歩いていた。

剣道は毎週曜日を決めて荻伏小学校の体育館で行われた。

剣道着と袴をはいて道具をつけてしばらく端で待機する。素振りの練習から相対の練習に入る。警察の人も多く参加しており、ある時大人の上段構えの人と練習することがあったが、力を抜かず当たってくるので思いっきり面を叩かれたときは竹刀が背中まで当たるぐらい曲がり痛かったことだけは覚えている。

五年生になったある日、全道大会への参加の話が僕のところに来た。

小学校四年間通ったご褒美のつもりだったのか、少し腕が上がったからか話はとんとん拍子で浦河からの代表団に組み込まれた。

時間もあまりなく、練習は浦河の警察署の体育場で行われた。

全道大会は奈井江町の学校の大きな体育館だった。何コートもあり壮観だった。僕の出番があり、勢い込んで試合を始めた。相手は同じ小学生だが隙が多い。ボンボン攻め立てたが審判はカウントしてくれない。

見かねた浦川の代表が審判に抗議をすると、当ってはいるが擦《こす》ってないという。当ててすぐ離しているので判定にはならないという。僕にとっては初めての話で、それまでは当てることに神経をとがらせていたのだ。確かにテレビでも実際の試合でも竹刀を擦り付けて判定されていた。

気を持ち直し、隙の多い相手だけに胴なり面なり擦りこんで判定を待とうと構えていると、竹刀の紐が切れているように感じたので、慌てて手を上げ腰を下げて後ろに下がった

その時相手が走りこんできて面を打ってきた。すると審判は「面あり！」と判定を下した。

僕はびっくりして、タイムを宣言して引き下がったと訴えたが認めてもらえず、僕はそのまま敗れてしまった。何はともあれ僕は負けたのだ。その負け方が悔しかった。

浦河の代表も抗議してくれたが、審判の判定を覆すことはできなかった。相手は地元の子へのえこひいきだと、その代表は最後まで言っていた。

僕の全道大会は、後味の悪い経験の一つだった。

これを教訓として改めて腕を磨こうと考えていたが、やがて親父の転勤が決まり、次の豊似には剣道をやる場所がなく、以来僕は竹刀を持つことはなかった。

「UFO、熊、嵐」の中学生時代の思い出

僕の少年時代は、生まれたのは洞爺湖だが、暮らしたのは日高山脈を望んでの生活だった。子供の時と小学時代は日高山脈の西側（日高の厚別、様似、日高村、荻伏）、中学時代は東側（十勝の豊似《とよに》）で、ずっとその日高山脈と向き合って暮らしてきた。

楽しかったのは、そこで暮らしていた中学時代の三年間だ。楽しかっただけでなく、日ごろ味わえない思い出深い体験もしていた。それは毎年秋近くに行われるクラスのキャンプでのことだった。豊似中学一年の時のキャンプ地は山の中だった。僕たちは学校に集合し、リヤカーに必要なものを載せ、皆一丸となって勾配のある砂利道をリヤカーの引手を交代しながらひたすら進んでゆく。キャンプ地は川のほとりだった。まずみんなでテントを張る。少し遊んでは、みなで薪を拾い火を焚き、夕方にはご飯を炊きカレーを作る。食べ終わると、それぞれが好き勝手に時間を過ごす。

やがて就寝の時間となり、女性がテント中奥でその後に男子生徒が寝る。

僕はクラス室長なので入り口で、さほど大きくないテントでは中に入れずテントの端の端、テントの外で寝ることになる。したがって見上げるのは満天の星空だ。

田舎だから空気はきれいで星もただ空に群れているのではなく、一つ一つがキラキラ輝いている。そんな息をしているような星々が僕の目の前の空に広がっているのだ。

幾百という星を見ているると星の数と空の広さに圧倒される。流れ星も良く見える。消え去る前に一〇まで数えると良いことがあるというので、流れ星探しに限りなく精神を集中し満天を眺めていた。

暫く見ていると、先ほどから東の中空に輝いている大きめの星が気になりだした。オレンジにしては赤みがかっていて、しかも大きい。隣に寝ていた友人を起こしその星を見てもらった。幾人かの同級生も寄ってきた。

見ろよ、なんか変じゃない、色もそうだが周りの星と比べて大きくないか、僕が問いかけると皆同調してくれる。だが、友人たちは僕ほどの関心もなく、そうだね、少し大きいかね、と語り合っている。

と、その時その星が少しずつ動き出し急にジグザグに上昇したかと思うと消えてしまった。オレンジ色が黄色から水色に変わって消えたのだ。それは一瞬のことだった。

唖然としている友人たちに、知ったかぶりの僕は「あれはリンが燃えた現象だよ。明日起きたら、さっき見た下にある川の中州に行ってみよう。そうでなければ大気で冷気暖気の堺になった逆転層にオートバイのライトが反射したのかもしれない」などと生半可な知識を披露して、自分をも納得させようとしていた。

次の日早速、中州に友人たちと入り、燃えた燐の元の骨探しをした。また光る苔があるとも聞いていたのでそれも探した。やっとのことで古い骨片を探し出し、話はそれで終わった。

後日、以前の小学校の友人にキャンプのことを手紙に書き、変な星と骨のことも書き添えておいた。

やがて友人からの返書が届いた。そこに書かれていたのは、彼の父親が言うには僕が見たのはUFOだという。

そこからUFOって何だということで調べることになった。それから数年して怪奇現象やUFOがマスコミで流行りだした。

中学二年のキャンプもまた山の中だった。前回で覚えたのか、手慣れた段取りで山奥の川のほとりにテントを張った。

今度は前と違った場所だった。田舎なので何処でもキャンプは張れる。川は何処にでも流れている。

夕食の準備が始まった。例のごとくカレーライスだ。僕は暇そうにしていた友人を誘ってその場を抜け出した。ご飯炊きやカレー作りにてんてこ舞いの中、僕らが抜けても誰も気づかないといだろうというのが理由だ。

僕と友人は狭まった細い道を歩いていた。秋口なので茅《かや》や野草が高く伸びて道行く周りに茂っていた。

僕も友人もクラスから解放された楽しい気分で、その獣道のような細い道を歩いていると、背の高い茅の奥からこちらに向かってくる動物の姿が見えた。

この村や山の周辺では、広い牧場に牛や馬を放し飼いにしている。こちらに向かってくるのもそんな家畜だと思っていた。

気にも留めず、歩いていると突然右側の茅ぶきからその物体が現れた。三〇センチも離れていない、すぐ目の前だった。その大きな物体が僕に振り返る。その顔は大きく目を見ひらいたタヌキに見えた。

そしてその大きなタヌキはいきなりドンドンと大きな地響きを立てて左の藪に走りだし、その場を去っていった。

その時の僕は、出てきたのは放牧されている馬か牛で、その顔がタヌキという組み合わせが頭の中で整理できず、その場で立ち尽くしていた。頭の中が整理されない。牛と馬とタヌキ。ただ、目前の鼻を突く野生の臭いで初めて気づいた。「熊だ！」振り返ると友人は五〇メートル先を走って逃げて立ち止まり、僕の方を怖そうに向いていた。膝に手をあてがっていた。

僕たちはそのままテントに戻り先生に報告した。

先生は冗談としか受け取っていないので現場に来てもらい、その現場を案内して足跡と鉄条線に熊の毛がついていたことから理解してもらったが、時間的に村に帰るのは不可能なのでその日はテントの周りを薪で囲み火を起こして一晩を過ごすことにした。

その時も僕はテントの入り口の外だった。星を見ていた。星空を見ながらうとうととしていて熊の遠吠えを聞いた。洞窟の奥で叫ぶような鈍い声だった。

次の朝起きて見渡すと、川淵に魚が一匹腹を食われて放置されていた。熊がすぐそばまで来ていたのだ。昨日の遠吠えは、すぐそばまで来ていた熊の声だったのだ。

早々に、みんなでそこを引き払い村に帰り急いだ。被害がなかったことは幸いだったが、テントの外に寝ていた僕にとってはとんでもない出来事だった。

たまたまとはいえ、あの時少し前を歩いていれば状況は変わっていたかもしれない。

今でもあの熊の驚いた表情と、あの強烈な生臭さはまだ記憶に残っている。そして遠吠えも。

中学三年のキャンプは、さすがに山奥キャンプは全員に拒否された。海しかない。何もない田舎にとってキャンプは山か海しか選択の余地はない。

それで海へ行った。その村から浜へは少し歩くが、広い砂地と海がある。海辺から離れた砂浜で、川の水が汲める場所にテントを張った。晴れた日だった。潮風が気持ちよく頬をかすめてゆく。山とは違う感慨を得て、僕らは楽しく遊んでいた。

何事もなくその夜もテントに入って夜を迎えた。

が、夜になって雨が降り出し、それも次第に大降りとなり夜半は台風並みの風と雨に見舞われることになった。テントは耐え切れず、滴る雨水の対応に追われ誰も眠れず一晩を明かす。

楽しい思い出になるはずのキャンプを、嵐と戦いながら過ごした。

陽が明けて外に出てテントを見ると、相当の強風雨だったのだろう、テントのすぐそばまで砂地が削がれ、テントが危うい状態だった。

寝ずに迎えた早朝で、全員腹が減っていて早速飯づくりを始めた。腹が減っては、イクサはできない。

小川の水で炊いたご飯と作ったカレーすべてに塩水が入っていて、しょっぱくて全員食べられなかった。海水が嵐で吹き上げられ、川を浸していたのだ。海水は塩辛い。

結局腹を空かせ、足を引きずりフラフラしながら歩いて帰ったキャンプだった。

ＵＦＯ、熊、嵐という説明のできない三題話しの中学生時代のキャンプだった。

小樽の高校時代

それまでは小学区制で所属する町や市にある高校しか受験できなかったが、僕の時から大学区制になり北海道ならどこの高校でも受験できることになった。

僕は帯広の柏葉高校を受験することにした。ジーゼル電車で通えるからだ。

受験の前日雪の降る中、同行していた親父が旅館に行こうと予約センターのようなところに寄った。しばらくの間、親父とセンターの職員が話をしていた。親父は困った顔をしている。

やがて話がまとまって案内図をもって親父が出てきた。予約がうまくできていなかったのだそうだ。旅館はほとんど満員で、何とか泊まれるところを紹介されたようだ。

馴れない市内を歩き、やっとのことで目的の旅館に着いた。

古びた木造建で、中に入ると玄関の先は三畳ほど、隣の部屋は六畳ほどで畳も古くて手入れされておらず、何故か壁に大きな鏡がついていた。そこは中学生でもわかる連れ込み旅館だった。

僕はそこで二日間、よれよれになった座布団の上で小さなお膳のような机に教科書を載せて受験の準備をした。

受験が終わり、いの一番に北海道新聞に目を通した。試験の解答が載っているからだ。

全部できたつもりだったのだが、数学の一つの答えを見て驚愕した。その前の答えの欄から次の答えには分子の記号を入れなければならないのに、僕は式で出された答えの分母分子をそのまま入れていた。

初歩的なミスだ。

親父が心配そうに僕の顔を見上げ、ダメだったのかとつぶやいた。進学校で難関校といわれていたので、田舎出の僕には無理だったと思ったのだろう。

旅館を出たその日は良く晴れていたのだが、二人は暗い気持ちでとぼとぼと駅まで歩き、ジーゼル電車で豊似の家に戻った。

やがて知らせが入り、試験は合格だった。

七一〇点満点中六九八点だった。問題だった数学の答えミスと美術で減点があったようだ。

その後、親父の転勤が発表され後志《しりべし》管内に転勤することになった。

親父の転勤に合わせ、僕は帯広の高校の入学式だけに参加した。中島みゆきの出た高校だ。

高校の転校先は親父が二つの高校を選び、札幌と小樽の高校に問い合わせた。

結局小樽の高校からの返事が早かったようで、小樽潮陵高校に決められた。汽車通学が出来るからだというのが理由だ。

デコイチが走っていた。

ところが実際通学してみると、早朝に起き六時半の汽車で八時半の始業に合わせるのは大変だった。汽車での通学だが、トンネルに入ると汽車の煙が窓から車中に入り、トンネルを出ると顔も黒く煤ける。

冬は、家の背丈ほど雪が降り、線路確保にラッセル車が除雪するが通学には不安だった。暫く続けたが、結局親父に頼み込んで小樽に下宿することになった。

下宿は小樽駅の真裏、小高い山の中腹にあり、そこからは小樽の海が一望できた。坂道は急で、息が途切れることもあった。小高い山の頂には伊藤整(5)の記念碑があった。

登り切った山の頂には旭展望台があり、眺望がよく「北海道三大夜景」に選ばれていて、中腹に

(5) **伊藤整**　一九〇五年～一九六九年。小説家、文芸評論家。『女性に関する十二章』がベストセラーになる。小樽の旧制中学で教師をしていた。

ある僕の部屋からも良い眺めを見ることが出来た。

下宿は小樽商科大学の学生専用で商大生が二人いて、老夫婦が僕ら三人の賄いを切り盛りしていた。朝夕の食事と、僕には特別に弁当も用意してもらった。毎日の朝夕の食事には、住んでいる学生を入れた家族全員で食事をした。

当時の僕の目から見た夫婦は七〇代に見えて、奥さんはさばけた人で、主人は大人しく白樺の皮を煎じて癌の薬になるといって北海道大学の研究室に持ち込んでいた。

夫婦は、見合い結婚らしく、見合いの席では奥さんはビール、ご主人はお茶を飲んでの見合いをしたそうだ。

味噌汁にはラードが入っていて、最初は戸惑ったが味に馴れるとおいしくなり実家に帰った時、僕が作って家族にふるまったことがある。

衛生環境はあまり良いとは言えず、夏の暑い盛りの弁当の鰊《にしん》にウジが湧いていたこともあり、サンドイッチの具に白い小さな虫の卵がついていたこともあった。

好々爺とでもいえる夫婦で、ある日テレビを見ていて、犬が出てくるＣＭでは「最近の犬は利口だね。言葉をしゃべるんだね」と、二人で感心していたこともあった。

下宿している商大生は、一人は釧路もう一人は盛岡からきていた。釧路からの商大生は伊藤忠に就職が決まり、みんなでささやかな宴を催したことがあった。

その空き部屋には東京から来た商大生が入った。商大生の同宿者とは色々な話をしたり、自分に分からないことを聞いたりしていた。

ある時三人で裏山でジンギスカンをしようという話になり、夜遅く炭の入ったカンカンとジンギスカン鍋それとジンギスカン肉をもって下宿の裏山に登った。

月明りを頼りに肉を焼くのだが、月が陰ると真っ暗闇で結局焼けているかどうか分からないまま肉を口に頬張って完食したこともあった。

その当時（一九六七年）は学生運動が盛んで、商大も学生が大学を封鎖し学校はロックアウトになっていた。

ある日、大学でチャップリンの映画があるので見に行こうということになった。主催はバリケードで占拠をしている学生だった。

僕もチャップリンには興味があるので同行した。

バリケードで閉鎖された大学の入り口をくぐり、物々しい校内に入り奥まった広場に置かれた硬い椅子に座って映画を見せてもらった。

映画は「街の灯」と「モダン・タイムズ」、そしてヒトラーを揶揄した映画「独裁者」だった。

「独裁者」は、ヒトラーに擬したチャップリンが机の上で地球の絵の風船を足で蹴り上げ、最後に割れてしまうのが象徴的だった。それとヒトラーに間違えられて侵略地で大衆を前に演説する言葉に、ヒトラーの独裁とは真逆の自由と民主主義、そして科学と進歩に向けて戦うという言葉を強調していたのが印象的だった。

一九四〇年頃の作品だったと思うが、自由と民主主義はヒトラーの独裁に対しての対語であったかもしれないが、あの時の自分には冷戦時代のソ連社会主義に対する言葉に聞こえた。

そして、科学と進歩という言葉は、高度成長期のあの時代にとって明日はもっと良くなるという、みんなが共通して思っていた言葉でもあった。

当時そんな明るい明日に、自分には何ができるのかという思いはおそらく誰もが持っていたことだと思う。

新聞で報道される学生運動の当事者の彼らも、明日を任された若者である自分たちが頑張らなくてはならないという使命感があったのだと思う。

また映画の「モダン・タイムズ」では工場労働者のチャップリンが機械の歯車に巻き込まれ、歯車の一部になってしまう映像があったが、それはそのまま現代社会を表現しているようで興味深かった。

現代社会が多くの人の歯車で動いているようで、見方によっては目的と方法が逆転しているようにも感じられるのだ。

その当時ベトナムで起きていた戦争では国家や体制のために多くの人が死に、またベトナムに住む住民が犠牲になっている。

人の命を守るのが国家の目的であるはずだが、戦争は国家を前面に立てて人の命を奪っている。目的と手段が逆転しているのか、目的がすり替わっているのか。

僕は三本の映画を食い入るように見て大いに感動した。それは社会風刺にとどまらず社会の矛盾、人間の不合理を笑わせながら演じ、最後に涙を誘う素晴らしい映画だった。

下宿に戻ってから映画の話やら色々話すことになった。三人とも映画には感動し興奮して話し続けた。

やがて学生運動の話になる。二人とも学生運動には共感しているようだが、行動はしていないようだった。

東京から来ていた彼は「親父が警視庁のベテラン刑事で、そんな親父にパクられたくないんだ」と、言っていた。

受験教育への反発と宣教師たちとの出会い

僕は小樽に来て、というより高校生になったことでそれまでの自分とはがらりと変わったと思う。変わらなかったのは好奇心だけだったように思う。

それまで大好きだった勉強もしなくなった。学校以外では教科書を開くこともなくなった。関心が別なことに移ったのかもしれない。大きくは受験校というものに対する反発が強かった。授業中一言も発せず黙々と黒板いっぱいに文字を書き、それを生徒がノートに筆記するような授業もあった。絶えずテストがあり順位が張り出される。

点を取るために勉強するのではない。テスト用紙を埋めるために勉強するではない。そんな勉強をするのは何のため。良い大学に受かったら何をするのか。

周りを見ると勉強の先にある目的のために勉強しているのではなく、目の前に与えられた知識や課題に汲々として勉強している。そんな自分が嫌だった。

高校に飼われた豚や奴隷のような生徒の存在である自分を感じたからだろう。

校長先生は朝礼で叫ぶ。絶対、札幌南には負けるな。東大を目指せ。北大を目指せ。この高校は進学校だ。受験校だ。競争社会の最前線にいる。だから負けるな。

この校長は良い大学に何人入学したかをこの学校のプライドにし、自分の名誉にしたいのだろう。

受験校そしてこんな校長の捨て石にはなりたくないと、真剣に思っていた。

明治期、若い人は世界列強の世界制覇の荒波の中で、日本という国はどうあるべきかを真剣に考えていた。

列強に蹂躙されない強い国作り、一〇〇年先を見据えて、そのために今何をしなければならないかを皆自覚していた。そのための学問であり、知識の吸収であり視察であったと思う。

勉強とは、そして知識の習得とは、目的意識があって初めて意味があるものだ。

ところが、今僕が目にしているのは大学受験のための勉強で、しかも学校のランク付けの手段としての生徒集め生徒捕囚という高校の真只中にいるのだ。

それでは、僕はどのような目的を持っているのか。その時の僕自身答えることが出来なかった。目的もなくただ勉強するのが嫌だった。大学に入って考えれば良いという人もいる。

その大学も、ランクがあり点数で決められる。その人の将来や格差が大学によって決められる。そんなスタート地点に立っていること自体、それを許す社会と向き合っているのだと考えると、だんだん嫌になってきたのだ。

当時は僕たちの一つ前までの団塊の世代の受験ラッシュで浪人は当たり前、予備校や受験産業が活気を呈していた。校長の話と受ける授業のむなしさで、それまで楽しかった勉強に対する夢もしぼんでしまった。

小樽は坂が多い。どこに行くにも坂を上り下りする。冬の吹雪は浜風のせいだろうか、地を這って足元から吹きあげてくる。当時は空気汚染がひどく真っ白な雪などなく煤《すす》けていて、白い猫も煤煙《ばいえん》で黒みがかっていた。

また、よく市内を散歩したが、小樽運河もドブ川で臭いがきつく河面も澱んでいた。とぼとぼ歩いていると運河の近くまでサツマイモを焼く鍋を乗っけたリヤカーが通り、なけなしの金をはたいて小さなサツマイモを食べたものだった。

花園町にある大きな本屋「左文字」にはよく足を運んだ。大好きな本屋で色々な種類の本を漁るのが日課だった。

下宿からの途中にある町中の喫茶店にはよく入っていた。コーヒーは苦くて飲めないのでパフェーを注文していた。本屋で仕入れた本のページを開きながら食べるパフェーは最高だった。後に友人にその話をすると、パフェーは女の食べるものだと言われ、それ以来行っていない。バンカラが流行った時代、女々しいことはタブーだった。

その花園町である日、外国人に呼び止められた。聖書を読みませんか、と言う。興味がないので断ると次の日もまた立っている。そして次の日も。

僕は、異国の地でそこまで執拗に勧誘する気持ちや動機に興味が湧いて声をかけた。英語の練習・実践も兼ねていた。

何を聞いたか覚えていないが、一度彼らの集まりに参加するという約束をした。僕の好奇心からだった。そして、週に一度開かれるというその集会に参加してみた。

小さな一軒家の居間に人は集まっていた。中心になっている外国人が日本語で聖書を読み解説をする。やがて祈りをしてアーメンを唱える。

その後雑談を交え近況報告をする。外国人はニュージーランドから来ており、奥さんと二人の子供そして二人の同伴者がいて、他に四、五人の日本人がいた。

この集まりは、キリスト教の中でもプロテスタントに属し、教会のような権威を否定していた。祭事を主宰しているのはコールドウェルさん、そして奥さんと小さな子供二人。ともに来ていた二〇代のハーベイさんと三〇代のピーズさん。

ハーベイさんとピーズさんとは仲良く付き合えた。ニュージーランドから来た宣教師は東京で日本語の学習をしてから地方に派遣されるそうだ。

日本語がまだ良く分からない部分は僕が説明する。そして僕は英語を教わり英語に馴れるという関係だった。

二人の下宿している所にはよく泊りがけで行った。料理のマナー等僕が知らないことが多く、ニュージーランド産の羊の舌の缶詰も食べさせてもらったこともある。それまで食べなれないので恐る恐る食べたのだが、コンビーフ風の羊の舌の缶詰は美味しかった。

そのような関係の中で外国まで来て宣教する彼らと、彼らと共に信仰生活に入る日本人に興味があった。この人たちが何に関心を持ち、何をしようとしているのかということだった。

天地を創造したゴットに作られた人間は、預言者の啓示に従い神の意志に沿い生きていく。

原罪を持つ人間はゴットを信じるという信仰により救われる。

宗教は信じること、信仰に始まる。そのうえで教義、ここでは聖書を読むことで心の闇を拓くことができる。

ユダヤ教はゴットと旧約聖書、そしてタルムード。イスラム教はアッラーとクルアーン。仏教は仏陀が崇められ経典がある。日本では神道と新興宗教が沢山ある。

聖書を読みながら色々考えることがあった。

そもそも宗教って何？　神とゴットは違うというが、じゃあ神って何？　そしてゴットは？

まず、言葉をどう理解するかということから始まった。

日本の神は人間が昇華して神になることが多い。地域神では部族の長が神様になる。台所や便所にも神様は居るという信仰もある。古代では山そのものが信仰の対象だった。

神とゴットは違うというが、そもそもゴットって何？

人間が可視的に理解しやすいように人格化された神や地獄や閻魔様を言葉として表現するが、本来的に理解可能な対象としてどのように理解すべきなのか。

すなわち、何をどう考えるのかということだった。

考える対象（神）とどのように（道筋たてて論理的、他者を納得させるように）考えるのかという方法の問題だ。そこで引っかかったのは、それを表す言葉自体の問題である。

僕たちは言葉を連ねて考えている。僕たちの持っている言葉や経験そして想像力には限界がある。言葉に表せないことを相手に伝えること、ましてやその言葉で考える自分に納得させることが、今ある言葉で出来るのだろうか、というのが僕の一番の関心事だった。

僕にとって宣教師のいうことは、聖書に書いていること、ゴットの存在、奇跡、預言等言葉で考え理解できないことを、信仰することで理解を飛び越え信じ、そのことを聖書を読むことで言葉として理解していくような道筋に思えた。

その時の、まだ高校生の僕にとって、まず言葉って何？　ということに関心があった。

そして、謎を残したまま言葉を通してその言葉で考えるということはどういうことなのかを、それから考えることになった。

ただ、その時の僕の感想は、立派な思想も宗教もイワシの頭の信仰も、信じることでは同じことだと考えるようになっていた。

特に一つの事象を言葉で説明するのに何百何千の言葉を必要とするのは、言葉自体のもつ不十分性を表しており、その上で納得させることは、それから先は言葉で考えないということで、信仰にも似ているような気がしていた。

信仰では、それから出会った色々なことで考えさせられていた。

小樽には各地の宣教師や外国で布教している宣教師も度々訪れ色々な話を聞くことが出来た。ただ、皆同じような信仰心を持ち生活態度も同じようであった。ユーモアは併せ持っているのは救われた。硬いままでは救われない。

中国の広東から来た外国人は面白い方で、いろいろな中国国内の話をしてくれたり、広東語の挨拶等の言葉も教えてくれた。

その彼が中国で報道される日本のことをいくつか話してくれたが、その中で日本の会社の首切りの問題があった。中国では新聞にそのまま「首切り」と書いてあるそうだ。

それを見て中国の庶民は日本という国は恐ろしい国だと思っているらしい。「切腹」と同じようにとらえているらしい。その時は笑えたが、国と国の関係ではあまり好ましいことではないと思った。

ある時、集会に初老の年配の方が来た。

戦争で従軍していた人で、多くの戦友を戦争で亡くしたという。以来、戦友の墓参りと神社に通っているのだという。激戦を経た経験をお持ちのようだった。目の前に死んでゆく戦友の慰霊が、生かされた彼の課題であるかのようだった。

この人にとって、魂を祭る宗教は究極同じだと思いキリスト教のこの集会に参加したのだと言う。だが司祭たちは厳しかった。唯一絶対の神は一つで、それ以外は邪教であり悪魔の教えだ。許しを請い、聖書を読むことですべてが成就されることが私たちの信仰であり、それ以外の何物でもない。あなたは間違っている、というのがその返事だった。

キリスト者との交流（右端）

聞いている僕にとって、初老の人がかわいそうだった。別の慰めをかける言葉はあったろうにと思っていた。その人は肩を落として帰っていった。

キリスト教というのは厳しい宗教なのだとその時思った。

またある時、九州大学医学部の教授で医者でもあるクリスチャンが訪ねてきた。その人は医学関係の豊富な知識で僕たちを楽しませてくれた。

なかでも、私たちにはまだまだ分からないことが沢山ある、そんな時、神の偉大さを感じると言う言葉に驚いた。科学、医学の最先端で活躍する人がその先に神の力と存在を信じていることが、信仰という言葉と相まって僕を混乱させていた。

キリスト教は欧米で広まっていった。地域性があり、東洋と比較すると発想法が違う。ヨーロッパから移住したアメリカでは、子供の時から教会に通い普通に神と信仰が考えられている。

ヨーロッパで出版された文学や思想書でも神がいるのは当たり前で、そんな神の前でどう社会生活をおくるのか、そしてどう考えるのかが課題のようだ。

だから神の前にあって人は平等であり、自由であるのだ。色々読んだ中で一番印象に残っているのはマルティン・ブーバー(6)の『我と汝・対話』だった。

信仰とは我という自分と神という汝との契約であるという。全ての信仰者は神との契約において相互に平等であるというのは論理として良くわかる。だから、国籍も肌の違いも超えて神の前では平等なのだ。

もしここで、神がスポッと抜けると平等の意味が違ってくる。何が平等なのかということになる。

僕の集会所通いはしばらく続いた。聖書の語句を覚え、説話を聞いて僕の脳みそで何処まで理解できるのかという挑戦でもあった。

集会で傍に座ったピーズさんは良く僕に英語で説明して入れた。ブリティッシュ・キングダムのその英語はきれいで、吸い込まれるような響きがあった。そんな彼らにとってアメリカ英語はスラングだと蔑視していた。

集会では確か週一回だったと思うが、日曜日に聖餐式が行われた。

これは、賛美歌を歌った後にパンと赤葡萄酒が出されそれを口に入れる。パンはイエス・キリストの肉であり葡萄酒はイエス・キリストの血を意味していた。

その後に聖書の一説を説明する時間があり、終わると賛美歌を歌いアーメンを唱え終わるのである。僕はその葡萄酒が好きだった。甘くておいしかったのを覚えているが、高い葡萄酒だったに違いない。パンは奥さんが小麦粉を焼いて作ってくれたものを手で割いて分けてくれた。

形式的だが、何気なく過ごしている日常との違いがあり、日常と非日常とのメリハリがそこにはあったように思う。


僕の高校での生活は何の変化もなかった。二年になって理系と文系に分かれる。僕は理系で、五〇人程いるクラスに女生徒は二人だった。

ある日、英語担当の「ガマ」先生から呼び出しがあった。カエルに似ているから付いたあだ名なのだろうか。その時、僕は英語部の部長をしていた。

話とは、詩吟同好会があるが会員がいないのでこのままでは同好会がなくなる。お前が参加して会員を募ってくれないかというものだった。

詩吟が何であるかもわからないので、一度講師の先生に話を聞いてみたいということになった。後日担当の人と一緒に会うとその講師は若く誰もが憧れるような綺麗な人だった。僕は一目見て快諾してしまった。

僕は早速仲間を集めた。結局五、六人程集まった。全員男で東大・京大志望の秀才たちだった。

（6）マルティン・ブーバー　一八七八年～一九六五年。オーストリア出身のユダヤ系宗教哲学者。『我と汝・対話』はみすず書房から新装版が出ている。

みんな綺麗な人には従う初心《うぶ》な心があるらしい。

練習は新鮮だった。高い声出しが気持ちをすっきりさせる。ただ、節回しが上手くできない。何回も練習してやっと覚えるのが精一杯だった。

だが一人一回で節回しまで覚えた奴がいた。あとで知ったが東大一発合格する奴だという。記憶力は抜群だった。

最初は石川丈山作「富士山」、次に頼山陽作「川中島」、そして文化祭に向けて発表会をして詩吟同好会の宣伝をしようということになり「白虎隊」も練習することになった。

英語部長だった僕は文化祭の準備も任されることになった。

英語部では知り合いの宣教師ハーベイさんに来てもらい、本場の英語の練習ができたので部員は結構集まっていて、規模も大きくできる。

文化祭にはシェイクスピアの『真夏の夜の夢』が選ばれた。「ガマ」先生が提案したのか、僕の気まぐれで選んだのか。しかも出来るだけ原文に近い古語も入れてという度し難い注文がついた。演じる方も聞く方もほとんど理解できないので、何のための英語劇だったのか今でも良く分からない。

練習では役作りの人の不足が起きていた。取り上げた英語劇が難しく、皆おじけづいたのか参加者が少なく、僕がライサンダーともう一つの役を掛け持ちするという変則的なものだった。

練習では僕の演じるライサンダーが怖いという相手役の女生徒がいて、上手くいかなかったような記憶がある。

元々喜劇ではあるものの恋愛もので、しかも複雑な展開のこの劇を何故選んだのか、知って覚えている人に一度聞いてみたいと思っている。

詩吟愛好会の方は、「白虎隊」では剣を持った殺陣があったら迫力が出るので誰か知り合いはいないかということになった。学校に剣道部はない。

友人たちにいろいろ当たって空手部にたどり着いた。「白虎隊」と空手の組み合わせでは間取りのイメージがわかない。それでも空を足で切ったり飛んだりして迫力が出るのではないかというメンバーの意見で採用することになった。今となっては、想像力のない秀才の経験不足からの提案としか言いようがない。

練習を重ねて迎えた文化祭では、英語劇は自分もライサンダーの怒りの部分は相方が怖がらないように抑え、掛け持ちも無難なく済ませ無事終了することが出来た。

詩吟同好会では「富士山」「川中島」を無事終え、最後は「白虎隊」だった。

控えていた空手部が「いいんですか」と、言う。どういう意味か分からず不安はあったが、出場するタイミングを伝えていたのでそのまま「白虎隊」の詩吟が始まった。

始まるや否や、掛け声とともに蹴りや衝きで後方を走り回り、詩吟の声もかき消され空手部の練習場と化してしまった。

終わってあがった拍手はまばらだった。当然会員は増えず自然解散になった。

小樽での高校生活はそんなものだった。

第二章　アイヌと〈神〉と

大学入学と宗教への接近

一九七〇（昭和四五年）四月、色々なことがあって、僕は上京し大学に通うことになった。東京に来て、僕は一度も満天の星空を見たことがなかった。何もない空を見上げては、北海道で見た星空を懐かしく思っていた。

そんな時、空の下に隆として立ち竦《すく》む日高山脈の、やさしく聳え連なっている山と裾野の縁に繋がって延びる路が、僕が沿って歩く道のように思えてきた。

東京でただ一度、北海道、豊似《とよに》の匂いを嗅いだことがあった。僕は東京で幾度か引越しをしているが、文京区の茗荷谷《みょうがだに》に暫く下宿していた時である。

ある日買い出しで、近くのスーパーに寄った時、大好きなキムチの漬物を探していると見覚えのある顔と出会った。園田郁夫（1）、僕が北海道広尾にある豊似小学校に六年生で転入した時の担任の先生だ。

よくしかられて廊下に立たされたが、先生の懲罰は変わっていて鼻を手でつまむのだ。それも思いっきり強くつまむので涙が出るほど痛かった。

トイレの汚物取りの時、便所裏の取り出し口にホースに入れてそれに水を入れ、先から水を出すとそのまま汚物も出てくるという。僕たちがやらされたが結局汚物が出てこず、困った先生が「安藤、お前吸ってみろ」といったのが園田先生だった。

広い東京で、たまたまとはいえ茗荷谷の小さなスーパーで出会う偶然に驚いた。先生も驚いていたが、絵の勉強でスペインに行く途中にたまたま寄ったところに僕がいたという。

先生も予定が詰まっていて時間もないので、簡単に挨拶をして別れた。その後、先生が北海道でも名の知れた画家になっていたことは中学校の同級生から聞いた。

また、先生の奥さんは年上だったそうだが綺麗な方で、知人の話では原田康子の小説にも取り上げられた人で、銀行の支店長の奥さんだった彼女と恋仲になった学生の園田先生は、二人で駆け落ちをしたということだった。

同級生の結婚式に出席した後、友人と帯広にあった園田先生の家を訪ねたことがあるが、自宅では控えめに僕たちの相手をしてくれた奥さんが、後に自殺したということを友人から聞いた。

僕は宗教にそれほど興味がある訳ではなかった。だが、なぜか新興宗教やキリスト教に関わる機会が多かったので、その中で人が考え、信じるということに関心が湧くのは必然だったのかも知れない。

いわゆる宗教も思想も日常生活も言葉を通して考えており、感じたことやイメージを言葉で表し、その言葉を手段として相手にも伝え、言葉を通して己の世界を作っていく。

だから僕にとって宗教と言われるものも、思想と言われるものもイワシの頭の信仰も、人間がよって立ち戻る心の問題に行き着くのであり、それを表現する言葉自体に関心があった。

高校の時、構造主義を紹介した中央公論を読んで以来、言語学者ソシュール(2)に興味を持ち出版された本を探した。講義録は一九七〇年初めに翻訳・出版された。ソシュール自体が本を書いたのではなく、受けた講義を聴いた学生の記録したものが出たわけで、講義を受けた人の理解度によりこちら側に伝わる内容も違ってくるとの評を見ていたのと、高価なこともあって手が出なかった。

宗教も宗教と定義されているだけで、たいした宗教の定義などない。それを自ら宗教と自己規定して他の分野から区別するのは日本では新興宗教を含めた近世のことで、それは思想と言われるものも同じことだと考えていた。

思想、特に西洋の哲学も神の存在を前提として考えられていて、その神を巡る人間世界の理解の仕方を論理的に説明・証明しようとして、そこから哲学が生まれたのだと思っている。

高校の時だが、樺太時代おばあちゃんが信奉して母に伝わった天理教に興味があった。母親に連れられて札幌にあった天理教の教会にも行っていたので、教義や行事もある程度知っていた。

教会の責任者も知り合いで、ぼくが一度出した葉書を気に入ってくれて、大事に持っているという話も耳に入っていた。

（1）**園田邦夫**　一九三〇（昭和五年）生まれ。洋画家、二科会員。『追憶』など有名な油絵がある。

（2）**フェルディナン・ド・ソシュール**　一八五七年〜一九一三年。スイスの言語学者、言語哲学者。近代言語学の父と言われている。ヨーロッパ構造主義思想に影響を与えた。『一般言語学講義』などがある。

ある日、天理市に里帰りをするというので一緒に連れて行ってもらうことにした。責任者も一緒で信者や家族も一緒、十数人の規模だったと思う。

天理市は市そのものが天理教で、戦前大本教と並ぶ大きな宗教団体だったのは町を作ってしまったことからも良くわかる。一週間ほどの予定で、毎日の行事・日課を予定表通りこなしていった。

教祖中山みきが産婆さんとして産土神《うぶすながみ》を信仰し、自らが教祖となって人々に「陽気暮らし」を勧め、天理教の教義を作っていく。内容は平易な上素朴で、その当時の人の理解度にかなっていたのだろう。

しかし、その伝搬力には驚いた。貧しい農民の、救いを求める気持ちにそのまま合致したのだろう。

彼女の語る言葉は決して難しい言葉は使わないが、その言葉を信じる信者の存在と、そこにおける言葉の力に関心があったが、僕の言語論はまだまだ整理されないものだった。

僕の考えている言語論は、ソシュールのような言語の分析というものよりは、言葉それ自身の持つ意味と、その言葉に逆規定されるところの意味論だろうと考えていた。

だから言語論というより、言葉論ともいえるものかも知れない。「言葉」と「意味」、それをつなげる関係を問題にしていた。

状況や社会と言葉、環境と言葉、人と人との関わりに果たすことばの意味を考えるというべきかも知れない。「言葉」というよりも、「ことば」と表現した方が良いのかも。

だから、方法論的には吉本隆明(3)の『共同幻想論』に近いのかも知れない。

国家も宗教も共同幻想なのだが、どのようにしてその幻想「世界」に入るのか、その認識や決断に関わる言葉に興味があったのだ。国家という大きいものより、身近にいる信者を通して対象の宗教を考察したいというのが、その理由だった。

いわゆるこのような新興宗教に関しては、大学に入ってから創価学会にアプローチした。

僕の親戚に学会員がいたので紹介を受け、当時住んでいた京王線高幡不動にある学会員を訪ね、大ブロックに参加させてもらったり、勧められて教学試験も受けた。

その教えを信じるということよりも、仏教特に日蓮正宗の世界観と信仰する人々の生き方、そこに繰り広げられる言葉の綾《あや》に関心があった。学会員は僕にとっていい人たちだったが、折伏の話になると少し怖かった。

当時、藤原弘達の創価学会批判と彼の本の出版妨害事件(4)や強引な折伏問題、そして宗教団体創価学会から作られた公明党のことなど話題の多い宗教団体だったが、その強引さがなければここまで大きくはなれなかったのだろう。

なによりも池田大作に対する絶対的な信仰心こそ創価学会の要《かなめ》であるように感じた。

当時出来たばかりの創価大学も近くにあり、新設での一年生もブロック会議に来ており色々話することが出来た。

また、道路に面した学会員の経営するドライブインで初めて食べた親子丼がおいしくて、この世

（3）**吉本隆明**　一九二四年〜二〇一二年。天皇制の核に迫り、旧来のマルクス・レーニンの国家論を批判的に論じた『共同幻想論』は有名。作家の吉本ばななは次女。

（4）**出版妨害事件**　明治大学教授だった藤原弘達は、一九六九年、創価学会、公明党を批判的に論じた『創価学会を斬る』（日新報道）を出版。出版を指し止めしようとした創価学会の激しい妨害にあうが、一九七〇年、創価学会会長の公式な謝罪で決着した事件。

社会運動に参加した

にこんなうまいものがあるのかと感激したことも良い思い出だ。

ブロック会議では社会問題も扱っており、公害や食品衛生に関する報告もあって、その当時中村屋で働いていた学会員が害のある保存料を大量に使っていることなど興味のある話も多数聴けた。

僕が当時、現在の成田空港の三里塚空港反対闘争に参加すると述べると、翌日、婦人部の責任者が参加を止めるように説得しに下宿まで来たこともあった。

危ないからというのがその理由だが、その時部屋の真ん中に黒ヘルを置いていたのが僕の意思表示だった。そのヘルメットを被り、闘争に参加した。

身の回りも忙しくなり、たまたま親父の弟のおじさんが赤坂で指圧・マッサージを始めて、その手伝いをすることになった。手伝いといっても電話番だが、夜の仕事だった。自分で稼がなければならないという事情もあった。

そのため赤坂に暮らすことになり、僕のいた高幡不動とは疎遠になった。

創価学会に関しては、赤坂にいたので赤坂のブロック会議に出たこともあった。

暫くは仕事場のマンションに寝泊まりしていたが、防衛庁の壁に沿った安アパートに引っ越して暮らしていた。その近くの家から、ピアノに合わせて北海道出身の歌手北島三郎が発声練習などをしていて、それも定期的に長い期間続けていたのが印象的だった。彼がデビューの頃だったが、その熱心さには頭が下がった。

創価学会にも、言葉の持つ不思議さを感じながら、僕の言語論の構成にはその理解がまだまだ及ばないでいた。

ただ、創価学会の強さはその現世利益の追求力が強く、商売人が多いせいで生活・仕事に関り強いことだろう。芸能人に多いのも仕事を分けてもらったり、横のつながりでの結びつきが強いことも特色の一つだ。これは所謂言語論以前の問題だと考えている。共通の信仰というものは、強い結びつきに繋がる。

当時人気のあった先述した吉本隆明の『共同幻想論』は僕も読んだが、宗教という「共同幻想」も、信じることから始まるのだろう。取り込まれた「共同幻想」の中で、普段の日常が続くのだ。

赤坂の仕事は夜だが、昼間は出来るだけ大学には行くようにしていた。

仕事場はマンション（ホテルという名称だった）の三階で、当初ほとんどそこで寝泊まりをしていた。隣に女優の乙羽信子(5)さんがいて、よく親切にしてもらっていた。

学生さん、学生さんと言って、ドアを叩いては「出前を頼んだのだけど、仕事が入ってしまったの。こんなもので良ければ食べてもらえる」と言って、僕が食べたことの無いようなものを持ってきてくれていた。それも、度々あったので僕にとっては神様のような人だった。貧乏な学生と思っていたようだ。実際、貧乏だったたが。

（5）**乙羽信子**　一九二四年～一九九四年。宝塚出身の女優。代表作品に「原爆の子」などがある。

この店を開店する時、僕はタオルをもって各部屋のあいさつ回りをしたが、乙羽さんがネグリジェのままドアを開けて出てきたのにはびっくりした。ただ綺麗な人だという印象が強かった。その当時、たまたま入った新宿の映画館で、乙羽信子さんが出演していた映画の中の夜這いに合う映像に出会った時は驚いたものだ。

そのマンションは防衛庁の真裏にあり、赤坂という土地柄有名人には事欠かなかった。吉永小百合[6]も八階に住んでいた。ほとんどはロビーですれ違うことが多く、時には和服を着ていたこともあった。結婚の話も、その当時あったのかもしれない。

管理人との話で、防衛庁の守衛がいつも双眼鏡で覗いているという苦情が彼女からあったという話も聞いていた。彼女の部屋は、防衛庁側に向いていた。

僕は、おじさんの経営する針、指圧、マッサージの店には二年程居ただろうか。夕方から深夜までの勤務だった。電話番と予約管理で楽は楽だった。働いている指圧師に治療の手順を教わったり、人間の体の経絡等はそれなりに勉強になった。

お店によく来てくれる四谷鍼灸学院の先生には色々話を聞き、関係の知識も教わった。なかでも印象深かったのは、東洋医療と西洋医療の違いだった。

「東洋医学と西洋医学は根本的に違う。西洋医学は、悪いところは切って捨てる手術が医学で、薬も毒には毒という考え方だ。東洋医学は、その人にある生命力、治癒力へのお手伝い即ち刺激を与えて治癒力を喚起するお手伝いをすることで、漢方も治癒力への手助けという考え方です」

その時、医学の父とよばれた古代ギリシャのヒポクラテスの言葉を思い出していた。

「私達の内にある自然治癒力こそ、真に病を治すものである」

「病気は、人間自ら治すものであり、医者はこれを手助けするものである」

東洋医学といわれる漢方、鍼灸は幾千年の歴史に育まれたものだが、今日西洋医学と言われているものは比較的新しく、近世に開発されたもので、解剖が進み、人間の体を俯瞰することで、人間の体を物としてみることから、ダメなところは切ってしまえという考えにたどり着く。

病人の体をホース管でいくつも縛り、脳死に近くとも息をさせることで処理する延命処置はその最たるものだ。

人間の体を器官の総体と考え、呼吸や心臓の停止を機能の停止即ち死ととらえるのと、生命力が尽きたのを死ととらえる発想の違いにたどり着く。

僕はこの話を聞いて、東洋の思想と西洋の思想、その考え方の違いを感じた。それは僕のキリスト教理解の問題にも通じることだった。

学生YMCAとキリスト者の「戦争責任」

僕は大学では「金融経済研究会」に入会した。金融、特に貨幣に関して興味があったからだ。物々交換で物を交換することの意味と価値の問題、そこにある基準が何なのかに関心があった。物々交換ではなく、違うもの同士を交換するのに必要な貨幣とは何なのか。

また、レーニンの『帝国主義論』において国を超えて国を支配する資本と金融にも関心があった。

（6）**吉永小百合**　一九四五年生まれ。女優。「赤胴鈴之介」「キューポラのある街」などでデビューし、この頃スターの階段を上り始めていた。

金融・資本が世界を支配し、それが原因で国と国が争う戦争の原因にもなったことからだ。

ヒルファデングの『金融資本論』[7]じっくり読んでみようとも考えていた。だが当時の「金融経済研究会」は、アダム・スミスの本の読み会だったようで、自分の思いとは別の趣旨に違和感を覚え、早期の退会を考えていた。

そんな時一人の友人から声を掛けられた。

クリスチャンである彼は渋谷教会を拠点に斗キ同（戦うクリスチャン同盟）の戦いに参加しており、黒ヘルに金十字のマークを貼ってデモに参加していた。そのデモには僕も参加することになる。

ある日、僕を訪ねてきた彼が言うには、大学の学生ＹＭＣＡのメンバーを追い出したから、部室に来ないかと言うのだ。行ってみると部屋はがらんとしていて何もない。聖書も置いていなかった。社会や学生・大学の現状を無視して呑気に聖書を読んでいることに腹が立ったのだろう。

なんとなく想像できる。僕たちは、クリスチャンの生き方や教会に関して、当時の状況をシビアなものに考えていた。

一九六七年、日本基督教団は「戦争責任告白」を発表した。当時、戦前に軍部に協力してきた日本基督教団が戦争犯罪に関しての自己批判に対しても僕たちはシビアに対応していた。

多くの犠牲者を出した戦争の原因とその総括・責任があいまいだったからだ。それは他の宗教者にも言えた。

日中戦争最中の一九四〇（昭和一五年）、宗教統制を図った政府に応える形でキリスト教宗派が統合して日本基督教団が作られ、戦時体制に貢献してきた。

そこでは「基督教信者であると同時に日本臣民であり、皇国に忠誠を尽くすを以って第一とす」

と宣誓し、君が代を斉唱し、宮城遥拝、皇軍兵士のための黙祷、皇国臣民の誓いなどが盛り込まれ、一九四二年伊勢神宮に参拝し、同じ年天皇に拝謁、一九四三年には陸軍と海軍に軍用機を献納している。

その上、一九四四年には日本基督教団から大東亜共栄圏にいるキリスト者に、皇国の道に則り、皇運を翼賛し、国体を奉戴するよう勧めている。

戦後、国連軍（連合軍）による東京裁判が行われた。

ドイツでもニュンベルク裁判が行われたが、ドイツ人自身による戦争裁判・反ナチ裁判が行われ戦後も被害者に対する贖罪が続けられている。

日本はＧＨＱの東京裁判で終わっている。しかもＡ級戦犯が釈放（岸信介）され、戦後首相になっている。

日本人自身での戦争に対する裁判は開かれなかったし、戦争に対する自己検証もなかった。

キリスト教と神道、軍部とキリスト者の役割、東京裁判でも取り上げられなかったキリスト者の犯罪を今改めて問われていることを痛感した。

「戦争責任告白」は、戦争に関わった責任を「告白」しただけで、どう責任を取るのかが不明なままだった。

それはそのまま、日本基督教団内での協会派と社会派という二派に分かれ、一九六九（昭和四四年）には教団内部の紛争もあり、一九七〇年には万国博覧会での「キリスト教館」を巡っての東京

（7）『金融資本論』　ルドルフ・ヒルファデングの著書で岩波文庫で上中下の三巻本で出ていたが絶版になっている。一九八四年に大月書店から林要訳で『新訳 金融資本論』として出たが、これも絶版である。

神学大学の紛争では機動隊が導入され、問題提起していた学生が排除されることで大学当局は紛争を収めたつもりでいた。

それは青山学院大の紛争でも同じで、信仰は神との契約だが、地上に生かされている我々がどのように他者、そして社会とかかわるのかという「生き方」そのものが問われる問題提起がなされていた。他者が苦しんでいても神とのかかわりのみにしか心が動かないのでは神が悲しむだろう。クリスチャンとしてどう生きるのか、神の御心をどう生かすのかがすべてのクリスチャンに問われているのだ。

その後、僕を誘ってくれた彼はあまり部室には来ず、僕一人だけが取り残された。部室名は学生ＹＭＣＡだからＹＭＣＡ関係のことをやるのか、それともキリスト教のことをやるのか。

クリスチャンに呼び掛けて同好の士を集めても、そんなに来ないだろう。それよりも関心がなくとも社会問題にかかわりながら、ある時は宗教とは何なのか、また僕に関心のある言語・思想とかいろいろな観点でこの場を利用してみようということで、同級生や短大生に声をかけてみた。人は集まってきたが笑談室のような雰囲気になった。まあ、これでも良いかぐらいの感覚だった。

文化祭では靖国神社を取り上げた。明治以降、作られた宮中神道と統合された地方神道と天皇制を説明して、招魂社として作られた靖国神社が天皇のために戦死した御霊を祭るというが、政府に反抗した西郷隆盛は除外され、戦犯とされた東條英機などは祀られている。

戦争で亡くなった一般市民とは関係なく存在する靖国神社に対する問題提起だった。また、その当時から高まってきた右翼思想に対する反撃の意味合いもあった。

またある日、大学の講堂でオリンピックに出てフィギュアスケートで有名だった米国女性のキリスト教宣伝の講演会が開かれた。

僕はキリスト者の社会との向き合い方や、ベトナム戦争にどうクリスチャンや聖書が向き合うかを、壇上に上がってアジろうと講堂に向かった。

ベトナム戦争はアメリカにとって聖戦だ。多くの人が殺されている。だからこそ、講演をするアメリカ人に、その聖戦の意味を問い糺したかったのだ。

警備は厳しく一歩も中に入れない。受付の女性に入室を頼むが不審がられ余計警備が増えた。やがて講演が終わったのだろう。ぞろぞろと人が吐き出してきた。

自分の足元で好きなようにキリスト教の宣伝をされて悔しかったが、一人の行動の限界も感じた。

そんなある日、斗キ同の関係者からだったか先の友人からか記憶にないが、箱根東山荘で学生YMCA再建の打ち合わせが行われるという。東山荘はYMCAの宿泊療養施設だ。

学生YMCA(8)は一九六九年、戦前の総括を含め社会とのかかわりを収めきれず方針も出せないまま解体・消滅したと聞いている。

何の反省もなく再建とはどういうことかと、再建が話し合われる日に僕は箱根の東山荘に向かった。一〇人ほどのグループになっていた。

そして会議室になだれ込んだ。老齢の大学の教授たちが役員なのだろう。歳の差を感じながら若さに任せて色々と抗議した。役員たちはそれぞれ信仰の問題を口にしていた。

信仰は個々人の問題で、そのような信仰を持った人々の集まる場所の再建が必要だという。

（8）**学生YMCA**（日本学生キリスト教青年同盟）。一八九七年結成、一九四一年世界YMCA同盟を脱会。一九四二年にはYMCA同盟自体、日本基督教団に合併。戦後日本基督教団退会。

僕たちは場所の問題ではなく、目的を持った活動と考えている。人が集まれば組織が主体となり活動が始まる。その目的を見失ったので解体したのだと主張した。

学生ＹＭＣＡは場所ではなく、目的を持った活動体である。信仰と活動、時代・社会とのかかわりの中で生きている。そのことが総括できなかったので自壊したのだ。

無批判に再建するのではなく、新しいものを作るのであればそれを提起してくれと言った。だが、役員たちは個々人の信仰しか言わない。この場を逃れる方便にしか聞こえなかった。

あまりにも信仰、信仰とばかりしか言わないので、頭にきた僕は、信仰、信仰とばかり信仰を安売りしているが、その信仰とやらを見せてもらおうじゃないか、と啖呵を切った。

言って慌てた。信仰は見せるものじゃない。言ってはいけないことを口にしたのだ。

その瞬間、一瞬場が白けてしまったのを覚えている。慌てた青山学院大の友人が、話題をそらしてくれた。

青学では現在チャペルを占拠しているが、ここにはチャペルの神と大学の神が存在している。こんな中で我々の信仰とはどうあるべきなのか。二つの神に祈れと言うのか、というようなことを問いただしていたが、理事・教授陣は何の反論もなく次第に無口になっていた。

時間もかなり過ぎた頃、誰かが言い出した。我々はあなた方が憎くてここにきているのではない。学生ＹＭＣＡが潰れたことに対して無批判に再建しようとしているその犯罪性を問うために来たのだ。

再建は諦めて、もう疲れているようだからお茶でも飲んで口直しの話でもしたいと思うがどうですか、ということを言うと教授たちはうなずいていた。

お茶を囲んで教授たちとの懇談になった。僕たちのコーナーに来てくれたのは森有正氏[9]だった。フランスに長く居てフランス文学には詳しいようであった。明治の森有礼の孫であることは後で知った。

言語、言語学には関心があるということで、それを聞いて僕は興味を持って色々質問をした。何を聞いたかよく覚えていないが、中央公論で初めて知って関心のあったソシュールを知っているかと問うと、知らないという。今度研究してみますという。チョムスキー[10]の名前も出したが、あまり良い返事ではなかったようだ。

僕は調子に乗って持論を展開した。マルクスの疎外論のように人間の外に対象化され、それが言語として反対に人間の意識を規定する。自分は社会的な有用性と個々人の意識規定のツールとしての言語論を展開したいのだ、と大先生の前で見栄を切ったが、これは見栄であり自分でも良く分からないで話していたと思う。先生は笑っていた。

米兵との〈神〉とは何かをめぐって

ある日、中央線に乗ると外国人が座っていた。隣が空いているのでそこに座り話しかけてみた。彼はベトナムから休暇を貰い日本に来ているという。

(9) **森有正**　一九一一年～一九七六年。明治の政治家森有礼の孫で哲学者、フランス文学者。著書に『遥かなノートル・ダム』ほか。

(10) **ノーム・チョムスキー**　?～一九二八年。ベトナム戦争を批判したアメリカの言語学者。著書に『メディアとプロパガンダ』などがある。

僕はベトナムという言葉に興味を持ち色々聞いてみた。クリスチャンと戦争の話もした。また、現在そして世界で若者・学生が反乱を起こしているがどう思うかということまで聞いた。僕がクリスチャンだということが話の始まりだった。

ずっとお互い話を続けていると彼の方から立川のキャンプ地に来ないかという。話は続きそうなので快諾した。キャンプの中も見てみたいという好奇心もあった。

どのように米軍基地にたどり着いたか覚えていないが、ゲートで最敬礼されるのを見ると上位のクラスだったのかもしれない。基地の内部はすべて米国人で日本人は僕一人だったと思う。バーに連れていかれ又話し出した。

全てを覚えていないが、落ち着いたジェントルマンの彼は退役したら大学院で研究をして学者になるつもりだという。

ベトナム戦争は不幸な戦争で、戦いに出るものはすべてマリファナを吸っているという。戦争は怖い。殺されるのも嫌だが、殺すのも嫌だ。現地では誰が敵で誰が味方か分からない。早くアメリカに帰りたいという。

僕の下手な英語に付き合ってくれたが、時間を見るともう終電は過ぎていた。握手をして、元気でいてくれというのが精一杯の別れの言葉だった。お互いの連絡先を書いて交換し、後日僕は彼にお礼の手紙を書いた。返事も来た。

その日は相当酒も入っていたのだろうフラフラ酔って歩きながら日野にあるおじさんの家までたどり着き、明け方だったが泊めてもらった。

学生ＹＭＣＡの部室はそのまま僕の出撃拠点として使い、そこには時間を持て余した学生がたむろする場所になっていた。他大学からも来ていた。

その頃、僕は田川健三や高尾利数らの聖書研究者の書物を良く読んでいた。この間積み上げられた数々の研究を踏まえ、聖書を通してキリストの教えや解釈を再検討する研究だ。当然時代背景や当時の習慣等も含めての検討だった。

それは、イエスを一人の人間としてとらえ、その教えがどのように今日のキリスト教になったのかという研究でもあった。

キリストは二人の罪人と十字架に掛けられ磔《はりつけ》で殺されたが、十字架はローマの処刑の仕方で当時のユダヤ人には無いもので、しかも政治犯に科せられるものだ。すると、イエスはローマに抵抗した政治犯とも考えられる。実際当時はそのようなローマに抵抗して処刑された十字架が沢山あったという記述もある。

当時のユダヤでは、死刑は体を穴に埋めて出ている頭に石を投げて殺すというものだった。また、彼はキリスト教の経典でもあるユダヤの経典（旧約聖書）の預言者から聖なる者と予言されているが、そのようなユダヤ教を信奉し彼自ら宣教するにあたり、なぜ他のユダヤ教教団と対立・排斥されるようになったのか。

聖書、特にイエスの死後書かれた新約聖書の新しい研究は僕にも興味があった。四篇の福音書の書かれた各時代と考え方、思想にも考察が行われ、それ自体興味があるものだった。

それまでの古い教条主義的な解釈は、僕にも時代にも合わないと考えていた。

今は聖書が中心になっているが、人々が聖書を読むようになったのもグーテンベルグの印刷技術で広く一般に広まったことからで、それまでカトリック教義一辺倒のカトリックの教会から離れ、聖書を中心に読むプロテスタント運動が起こることになる。

そして、聖書をどう理解するかという解釈においては、プロテスタントは各派に分かれてきた。神の理解や、イエス、聖母、三位一体の解釈に関しては、キリスト教の二〇〇〇年の歴史の中で様々に変わってきたことも事実だ。

僕は今のこの時代に、新しい聖書解釈が出てくるのも当然と考えていた。したがって「キリスト教」に対する見方も当然変わってくる。

当時、旧約・新約を現代の研究成果を踏まえて大衆的に書かれた書籍が出ていたので、それも大いに参考になった。それまで言われていた「エホバ」ではなく「ヤハウェ[11]」ということも、その時知った。

そもそも、いつから「キリスト教」が出来たのか。イエスは初めから「キリスト教」を宣教・流布したわけではない。

イエスが十字架に磔にされた後、おそらく十二使徒らによって原始教団は営まれていたのだろう。それもユダヤ教ナザレ派とみられていたようだ。地中海文書にあるような一派もあった。やがて地中海各地に教団が出来、その宣教方針で色々トラブルもあったとも聞く。その当時からローマ帝国の弾圧で多くの信徒が殺されている。

それでも布教を続けやがてローマの国教にまでなった。それ以降でも神学論争は激しく、多くの異端キリスト教を排除してきた。

したがってカトリック以外の教団も多い上に、反カトリックであるプロテスタント側でも多くの教団が乱立している。

現在、三位一体説が普通の理解だが、これさえも延々と議論して決められたものだ。それぞれの宗派間の違いは大きい。

以前日本の大乗仏教徒が東南アジアに行くことがあり、その時上座部仏教徒（小乗仏教徒）と話をしたのだが、考え方に関しても同じ仏教徒であるとは思えなかったという感想を漏らしたことがあるが、そのぐらいの違いがありそうだ。

したがって戦前、違いの多い各派のキリスト教団を軍部の要請とはいえ一つの日本基督教団にしてしまったのだが、はたしてどういう組織内容だったのか不思議な気持ちがする。

当時は田川健三(12)たちの本を読み漁っていた。高尾利数(13)も読んでいた。

田川健三は新約聖書の研究から、イエスはほとんど神について語っていないとし、神を信じるとは神を想像する偶像崇拝であり、神とは人間がでっち上げたもので、神を信じないクリスチャンが真のクリスチャンであると宣言し、色々著作を出していた。

活動家だったシーモヌ・ベェイユ(14)にも関心を持っていた。共産主義者ともいわれていた彼女にとっての神とは、興味のある課題でもあり興味のある人物でもあった。

(11) **ヤハウェ**　最高神を表す文字は神聖四文字といわれ古代ヘブライ語表記を子音でエホバと表記・発音していたが近代の研究で母音を入れてヤハウェと呼ぶようになった。

(12) **田川健三**　一九三五年生まれ。新約聖書学者。『神を信じないクリスチャン』を名乗る。

(13) **高尾利数**　一九三〇年～二〇一八年。宗教学者。著書に『イエスは全共闘をどう見るか』『イエスの根源的思考』。

(14) **シモーヌ・ベェイユ**　一九〇九年～一九四三年。マルキストとも呼ばれ、著書に『神を待ちのぞむ』など多数。

労働者や弱者と共にいた彼女は、自己否定としての神を語っていた。そして、想像上の神を信じるものより、神を否定する者の方が神に近いという。

僕は当時『見えざる神に祈る』という本があると友人に聞き、その本を探したがなかった。そのテーマに関心があったのだ。

彼女の死後出されたのは『神を待ちのぞむ』という本があるということだった。ただ、彼女はこんな言葉を残している。

「たとえ神が存在しなくても、自分は神を愛しているのだと切に感じられる」

僕の高校の時の入信の葛藤は氷解されたわけではないが、色々な見方があるのが救いだった。

このようななかで、学生ＹＭＣＡの部室ではキリスト教の解釈の歴史や聖書研究の学習会の試みをしてはみたが、非キリスト者の学生たちには関心がなく、部室に来ていた彼らには現状の政治課題の説明をすることが多かった。時には、一緒にデモにも誘った。

僕はその頃茗荷谷に下宿していたが、学生ＹＭＣＡの仲間たちは良く泊まりに来ていた。多い時は男女五、六人集まり、酒を飲んで討論や雑談をして雑魚寝をしていった。

一人の後輩は、家から野菜等持ち出し僕の下宿に寝泊まりして一緒に風呂に行っていた。

彼は、就職での面接も僕の下宿から出発していった。

学生ＹＭＣＡにあったザックバランな空気が、そのまま僕の下宿の空気だった。

アイヌ問題と三里塚空港反対闘争

明治大学では学生自治会は共産主義者同盟（ＢＵＮＤ）戦旗派(15)が握っていた。

当時の学生運動は、それまでの既成左翼を否定する中でより左翼、革命を志向する運動を進めていたので過激派・新左翼と呼ばれていた。

そんな折、大学ではクラスで討論会があり、そこでは討論を自治会員が主導していた。様々なテーマがあったように思うが、僕は積極的に発言していた。

確か教育問題だったと思うが、僕は教え子を戦地に送った先生の話をした。その先生は、国の進める皇民化教育・国体思想を子供たちに教え、教え子たちは純粋に言われたことをそのまま信じて戦地に向かい戦死したのだという。

戦争の悲惨さはもちろん教師として死ぬことを教えた自責の念で苦しんでいること、これは教育の在り方そのものが問われている問題だと述べた。

その時自治会の役員は、学生ＹＭＣＡの部室にいる僕のところに来てはいろいろと話しかけてきた。デモに参加するのもいいが、主体としての組織が必要だという。戦旗派へのオルグだ。

僕は今抱えている課題の多さと重さを述べ、片手間な組織参加はできないと主張した。社会でもそうだが、組織での使い捨てになるのが嫌だったことと、全共闘運動のような党派ではなく、より根源的で未来につながるラディカルなものへの憧れが強かった。

（15）**戦旗派**　一九六九（昭和四四年）、赤軍派がそれまでの社会主義学生同盟（社学同）を引っ張っていた共産主義者同盟から分派してから分裂が始まり、党派・学生運動もそれまでの三派全学連（中核派、社学同、社青同解放派）から六派一二派と分れ混迷していった。その中の一派で共産同戦旗派（通称日向派）を名のっていた。

彼らのオルグは失敗だったが、彼らからもらう学内情勢や党派情報それに政治闘争スケジールは役に立っていた。

学生ＹＭＣＡの部室はお茶の水の明治大学記念館にあり、ウナギの寝床のような縦長の空間に様々な人が訪れていた。

大学自体はロックアウトで門は閉められていたが、内部は学生が籠城し自主管理をしていた。集会は本館中庭広場で行われ、文連（文化部連合会）に属していたサークルは、ここで集会を開いていた。

学生ＹＭＣＡも文連に属していたので集まりにはよく顔を出していた。ある日、文連の集まりに顔を出していた部落解放研究会のメンバーに声をかけられた。

今の党派や政治状況にかんがみ、すべて原点に立ち返って考える部室を四号館に確保したので参加しないかというのだ。

部落解放という言葉に関心をもった僕はアイヌの差別の問題を話した。僕はこれからアイヌ解放戦線を作ろうと考えているのだが、一緒にやらないかという話を伝えた。

当時のベトナム解放戦線のことが頭にあった。

当時、アイヌ解放運動には結城庄司[16]さんがアイヌ解放同盟を作って活躍していた。

その、結城さんの講演には一度顔を出したことがある。それは山谷で橋根直彦[17]が沖縄人労働者を刺殺した事件に関するものだった。橋根直彦の裁判には僕も行っていて、裁判内容は聞いて知っていた。

一九七一年か七二年頃だったろうか、結城さんの講演は四谷公会堂であった。僕の目の前で結城さんが講演していると一人のアイヌ青年が壇上に駆け上がり結城さんに殴りかかった。

何が何だか分からないうちにアイヌ青年はマイクを手にして話し始めた。成田得平(18)と名乗りアイヌであること、結城さんがアイヌの大事な物品を勝手に持ち出したことを糾弾するという。結城さんは反論する。水掛け論風に僕には聞こえたが、アイヌ同士が東京に来て殴り合うことに驚きを禁じ得なかった。

その後、北海道の実家に行くことがあり札幌で成田さんに会うことができた。樺修一さんともう一人同伴者がいた。アイヌ解放に対して色々な考えがあることを知った。

そんなことが頭にあるので、活動・交流いろいろな解放運動をアイヌ解放戦線に組み込むことがその時の自分の思惑だった。

部落解放研の話は分かるのだが誘われた組織がどんな活動をするのか、一度会って話を聞くことにした。

皆が集うという日を確認し、部室に尋ねた。数人が僕を囲んだ。彼らは戦旗派から分派した人間たちで、非公然・非合法を貫くという。

一緒にやらないかという。彼らの主義主張は党派の論理からは別に外れてはいないのだろうが、僕は僕の論理がある。アイヌ解放戦線の構築だ。

(16) **結城庄司**　一九三八年〜一九八三年。釧路生まれ。アイヌ解放運動活動家。「アイヌ解放同盟」代表で『蝦夷地滅びてもアイヌモシリは滅びず』の著書がある。

(17) **橋根直彦**　『我れアイヌ、自然《ここ》に起つ—アイヌ民族裁判獄中記』新泉社、一九七四年刊がある。

(18) **成田得平**　後に秋辺得平。一九四三年生まれ。アイヌ民族運動家。一九七七年参議院選挙に立候補、落選。

暫く話をして、アイヌ解放を戦略に入れ綱領にも載せるのであれば一緒に行動することもできるという話をした。無目的に参加するのではなく、アイヌ解放に関わることで一緒に行動するという意味だった。アイヌ解放戦線を作るには多くの組織的参加が必要だと考えていた。

そこには部落解放研のメンバーもおり、横のつながりが必要になる。

その場には北海道出身者が二人いた。驚いたことに、北海道にいてアイヌを見たことがないという。意識しないから分からなかったのか、単に関心がなかったからか。

一九七四年には新谷行《あらやぎょう》による『アイヌ民族抵抗史』(三一書房、現在は河出書房新社)という本も出ていて、アイヌ問題を理解しやすい環境にはなっていた。

彼らのアイヌ解放に関わる文書を綱領に書いてもらい、その上でじゃあやるかということになった。それからは学生YMCAの部室にいたり、四号館の文連のある建物の中にある彼らの部屋に行ったりしていた。

当初彼らは「レーニン研」という名前を使った。組織というよりも少人数のサークル的なものだったが、党派性を出そうとしていた。

僕はレーニンにさほど興味はなかったが、彼はロシアの混乱期にドイツから列車で送り出された。彼が当初言っていたように、自分の生きている間には革命は来ないと思っていたのに、実際の革命を経験した彼の頭の中には、革命の方法やその後の展望は図られてはいなかったと思う。

僕が関心を持ったのはロシア革命での戦争と犠牲者のことだ。フランス革命も紆余曲折しながら多くの人が犠牲になっていた。後には「自由、平和、博愛」という、素晴らしい言葉が残って今につないでいるが、それは後に紡がれた言葉だったと思う。

ロシア革命では、レーニン率いるボリシェビキは対峙するメンシェビキを粉砕し、ナロードニキ等々の弾圧、そしてロシア革命を標榜する赤軍を組織して対する白軍への徹底した弾圧で多くの犠牲者を出した。

反対する陣営には徹底した武力弾圧はどの国でも近世まで続き、ロシア—ソ連では徹底した銃による殲滅はレーニン以後スターリンによって引き継がれるが、僕は革命という方法とその成果の中身に関心があった。革命のきっかけと、「プロレタリア独裁」の中身だ。

革命とは革命戦争だ。軍隊と軍隊の戦いだけではなく多くの市民や農民等が犠牲になる。

資本主義を倒し皆が平等になる社会を作るためには多くの犠牲が必要となる。非和解的階級闘争なのだ。多くの犠牲を伴った革命だが、現代も犠牲の多いやり方でよいのだろうか。

そもそも、資本主義の矛盾が露呈し、その止揚の上に発展した社会主義があるとして、完成した資本主義ではないロシアで革命が起こったが、これはマルクスの考えていた発展的前進にそぐわないのではないかと考えていた。

そして革命には、圧倒的多数の賛同と支持が必要になる。そんな条件・状況をどう作ることが出来るのかということが関心事だったが、この機会にロシア革命においてレーニンの役割、考えが分かれば僕の革命理論に対するアプローチの一つになるだろうという軽い気持ちでもあった。

「レーニン研究会」という呼称に関して、その後お茶の水駅頭でチラシを貰った人から、京大の「レーニン研」と同じ組織と間違われたといわれたので急遽「レーニン主義研究会」に変更した。

「レーニン主義研究会」では色々なデモに参加したが、特に多かったのは三里塚空港反対闘争だった。現地まで行くのに、電車賃を節約するため普通電車で朝早く出かけた。

現地でのデモでは、僕たちの部隊は機動隊と激しくぶつかった。大勢の人が参加した三里塚闘争では、学生だけでなく労働者や一般の主婦も多かった。

あるデモでは、阻止する機動隊と激しくやり合っていた時、目の前に立っていた機動隊の盾にしがみつきその盾を引きずると、機動隊の手を離れた盾が僕の胸に引き寄せられた。急いで後ろの仲間に渡しデモ隊の中に隠したことがあった。

すると指揮官が怒り出し、大声で指揮棒を振り上げ我々の頭をたたき出した。

誰かが、盾を放せと言って地面に投げ捨てた。放水でぬかるみの土に放り出された泥だらけの盾を踏みつけて我々のデモ隊は先へと進んだ。

後に残された泥だらけの盾の前で、新人だろう若い機動隊員が指揮官に怒鳴られていた。この時、手加減のない指揮棒で血を出していた仲間がいた。

成田闘争の原点は、それまで羽田沖に検討されていた空港拡張を、千葉出身の自民党議員の誘導で急遽成田・三里塚に決められたことに反対する戦いであった。高級品を作り出すくらいの良い土壌を守り、自分たちの生活・農業を守るために農民は政府に抗議したが、国の政策として聞く耳を持たず、しまいには強制代執行で土地を取り上げようとした。

一九六六年のことである。

当然、農民は立ち上がり三里塚芝山連合空港反対同盟が結成され、画家でもあり彫刻家でもあるクリスチャンの戸村一作を委員長として農民は結集し、学生や労働者・市民が連帯し土地収用の前面に立つ機動隊と全面的な戦いを繰り広げていた。

三里塚闘争は何年にもわたって戦われたが、中でも農家の婦人部隊が前面に立ち汚物を撒いたり、考えられるあらゆる戦術を駆使して戦っていた。

僕たちも反対同盟の農家に援農に入り、朝早くからの農作業の手伝いをすることもあった。落花生の雑草取りや落花生の収穫も手伝った。

そこには普通の農家の生活があり、その生活を壊しに来る政府・機動隊に憤りを感じていた。東峰に近い場所で、一九七一年、機動隊が車ごと襲われ死者が出た場所に近かったところだった。

農家の息子と話をすることが多く、闘争を何の違和感もなく受け入れていた。彼の小さい時からの生活の一部だったのかもしれない。

一九七四年、「成田空港反対」「世直し一揆」を掲げて参議院選挙に立候補した戸村一作に対して我々は一生懸命応援したものだ。

当初、議会制民主主義に疑問を持っていたが、彼のスローガンと成田市議会議員もやり議会活動の経験もあり、また戦前非戦活動や破防法闘争、安保闘争に参加した戦うクリスチャンとしての生き方に心を打たれたので、選挙活動には力を入れて参加した。彼が一時北海道で暮らしていたこともシンパシィを感じたのかもしれない。

残念ながら落選だったが、彼の主張は全国に流れていたので無意味ではなかったはずだ。

一九七九年に亡くなった報を耳にしたとき、クリスチャンとして生きる彼が僕にしっかりやれと言い残したような気がしていた。

「レーニン主義研究会」のメンバーは時間のある時には仕事に出ていた。鳶《とび》の仕事だ。

鳶の親方が運動に理解のある人で、皆そこで働いていた。親方は一九六八年、神田駿河台を社学同（当時の委員長は藤本敏夫で、後で加藤登紀子と結婚する）が解放区にした神田カルチェ・ラタンにも参加していたという。

親方は「シノでブロックを剥して学生に渡して、俺も投げたよ」とよく話していた。

その鳶の仕事に僕も参加した。鳶とは作業労働者が仕事しやすいように足場を作ったり網を張ったりする仕事で、僕自身は高いところが苦手だがそんなことは言っていられなかった。危険な分、時給は良かった。初めての仕事は原宿のＴＢＳ会館だった。

網で張られた足場を上まで登っていくのだが、その日は風が強く網も足場も強風になびいている。恐る恐る屋上まで上がると、エレベーター用に作られた底の見えない四角い空洞の上に掛けている角材の上を歩いて渡れという。命がけで渡ったのが仕事始めだった。

上着は親方にもらったが鳶用のズボン（ニッカポッカ）は自分で買った。上着は制服で怪我をしないように長袖が建築関係の鉄則だった。夏は暑かった。汗をかくので親父からもらったお気に入りのロンジンの時計は汗と打撃で壊れてしまった。

素人がいきなり鳶になるのも危険なのだが、高所が専門なのでより危険度が高い。一緒に働いていた仲間で、落ちてきたパイプが頭に当たったり、足を滑らせて落ちたりする事故もあったたが、僕は不思議にも怪我をすることはなかった。

原宿の仕事が終わると次は新宿の超高層の現場に移った。

高層ビルだけに基礎工事で五〇メートル以上掘られていて、その底の部分から組み立てるのだ。色々やったが、楽しみは昼の食事と昼寝だった。「しょんべん横丁」が近かったので良く通ったものだ。

「レーニン主義研究会」は非公然・非合法を謳っているだけに、公安警察の監視も厳しい。以前、中目黒のアジトも監視の人間が立っていたこともあり、人のいないときに侵入されたこともある。したがって身の安全を確認するということで、定時連絡は必須だった。各自暗号名をもち、決まった時間に電話する。僕はXという暗号名をつかっていた。現状報告と安否報告だ。

ある深夜、電話を入れXだがというと電話ではYと応える。Yなんていない筈だと訝しく思っていると、いきなり「こんな時間に何しゃべってんだ‼」と、怒鳴られた。ダイヤルをかけ間違えた、間違い電話だった。

僕は自分の下宿からアジトに通っていたが、皆で家賃を出し合いマンションで共同生活をすることになった。そこは家宅捜査があっても関係書類がないように、必要最低限の身の回り品と本関係があるだけだった。

かつて、中目黒にアジトがあり、仕事の帰りそのアジトに行った時のことだった。合鍵をポストから取り出していると突然二人の私服が現れ、僕が持っていたバックを開き中を改めだした。中から工具のシノや左翼関係の書籍類が入っていた。シノを手にして、これは何だと聞いてきた。当時、建設現場の用具置き場から仕事に使う工具類が紛失することがあり、各自持って歩くように親方に言われて持っていたものだ。

そのままパトカーに押し込められ中目黒警察署に連行された。長い廊下を歩きながら『蟹工船』を書いた小林多喜二も中目黒警察署で拷問の末、殺されたことを思い出していた。小林多喜二も小樽の人だ。

部屋に入れられ、課長という人が僕の相手をした。まず工具の説明をし、親方の家に電話を入れた。親方はいなかったが奥さんが対応して説明をしてくれた。

僕は何も悪いことをしているわけではないので、不当な連行だと抗議をした。そして弁護士に連絡すると言うと、分かったと解放された。別れ際に課長は僕に、俺も同じ大学の卒業生だと言った。礼を言うわけでもなく、頭を下げて入り口に向かった。

まだ秋の陽も落ちず、涼しい日のことだった。


「レーニン主義研究会」では、三里塚や様々な闘争やデモに参加し、そして自衛も含めて武闘訓練も行っていた。三里塚では、体育会系特に空手をやる集団が闘争の前面に出て機動隊と対峙することもあった。

大学の四号館の前庭に集まり基本訓練をするのだが、ある時極真空手をやる人が来てくれた。棒術の訓練だ。日ごろ体を動かすことが少ないので、素手よりも道具を使った方が現実的と考えたのだろう。

極真空手の人は小柄なアイヌの人だった。アイヌが極真をやっていることに驚いたが、差別や暴力にあう機会も多く自衛のための武道と考えると、アイヌである彼に妙に親しみを覚えた。棒術の訓練は必死に体で覚えようと、そのアイヌの人の話や技術に耳を傾けて練習をした。

棒術はそれ一回きりで、その後彼の姿を見ることはなかった。

その頃、「レーニン主義研究会」が入っている文連のある四号館に山谷支援連絡協議会（「山支連」）が部室を持った。山谷に関わる現場闘争委員会（現闘委・山の会）の関係組織だ。

僕は山谷[19]にも関心があったので、このメンバーと一緒に山谷に行き闘争に参加していた。

「レーニン主義研究会」は当面の課題に忙しかったのか、山谷の位置づけが出来ていなかったのか、山谷に関わっていたのは僕一人だけだった。

当時は台東区の玉姫公園を拠点に、公園のすぐそばに現場闘争委員会の事務所があった。事務所の真ん前のアパートに公安が張り込んで監視しているという話だった。

僕は足繁く玉姫公園に通っていた。

公園は区の管理にあり、警察は足を踏み入れない。だから、公園の中に労働者を入れ、炊き出しや医療関係者が労働者を見守っていた。そこは山谷の労働者の解放区であり、この解放区での支援活動が僕たちの仕事だった。

リッダ闘争(20)担った仲間も山谷からパレスチナに向かった。

冬の炊き出しはもちろん、餅つきがあり多くの山谷の労働者が参加していた。

現闘委はピンハネや悪徳手配師から労働者を守る戦い、事務所に乗り込んでの直接談判、団体交渉、またある時はヤクザの暴力の攻撃には暴力で戦っていた。

悪徳手配師と暴力団、そしてヤクザの後ろに立つ警察の攻撃だけではなく、ヤクザと右翼暴力団

(19)**山谷**　東京都台東区・荒川区にあった日雇い労働者のいた場所。寄せ場、ドヤ街といった。日雇いという弱い立場を利用され、悪徳業者や暴力団の食い物にされていた。暴力とピンハネという劣悪な労働条件下ではけ口がなく自然発生的に暴動も起きていた。暴動も千人単位だった。そういった労働者の現状を打開しようと、支援活動も盛んだった。一九七二年当時「山谷労働者は九〇〇〇名」東京都山谷対策室井上室長。このような寄せ場は横浜の寿町、名古屋の笹島、大阪の釜ヶ崎のあいりん地区を始め全国にあった。現在は山谷という地名はない。

(20)**リッダ闘争**　一九七二年、イスラエルのテルアビブ近郊リッダ＝ロット国際空港を、パレスチナ人民戦線（PFLP）の一員として日本赤軍の三人が襲った事件。

が警察と一緒に攻撃してくることもあり、二重三重の攻撃に絶えず緊張は続いていた。

アイヌ・キタさんとの出会い

山谷はいつ行っても緊張感があった。

山谷自体は歴史も古く、南千住駅の近くにある泪橋は江戸時代の境界で、小塚原刑場や遊女の投げ込み寺（浄閑寺）があった。貧困者や日雇い労働者が多く安い木銭宿も多い。

山谷の歴史的な位置は、特に戦後オリンピックや新幹線建設等日本経済の高度成長に合わせ労働力の供給基地としてあったことだ。基幹産業労働者と違い、「自由労働者」「日雇い労働者」「日雇い労務者」と、呼び方は違えてもその日暮らしを強いられている。

しかも、仕事探しでその日暮らしをしている弱い立場の彼らは悪徳手配師にいいように食われ（ピンハネされ）たり、暴力を受けたりすることが多く、その不満から暴動も起きる。

山谷にはその時新左翼が入り、炊き出しや治療、労働相談や悪徳手配師への糾弾・団体交渉など取り組んでいた。

軸になっていたのは現闘委だった。

現闘委自体、山谷の労働者が自由に出入りしており、そこから飯場に出たり闘争で逮捕され戻ってきた人も多く、それぞれいろんな人が入れ替わり立ち代わり出入りしていた。

特に夏場の夏休みや冬場の正月休みなどは仕事がない。その日暮らしの人にとっては食えない時で、玉姫公園で炊き出しが必要な時期でもある。

また住む場所、簡易宿泊費もない人は野宿をするので、特に寒い冬場は焚火が必要でいつも労働者が交代で火にあたっていた。

一九七〇年に入ってからの不況、特にオイルショックでは仕事もなく、仕事にあぶれた人が山谷にたむろしていた。

僕はそんな玉姫公園に足繁く通っていた。行くと何かしらやることがあった。

ある日、大学の四号館にいた僕のところに山支連の友人が駆け込んできた。昨夜玉姫公園でアイヌの人が、立看に書いてあった「滅びゆくアイヌ」という文字を見て抗議したというのだ。

玉姫公園には大きな立看を立てていて、「やられたらやり返せ！」の山谷労働者の標語は常にあり、その時はアイヌ・橋根裁判支援を訴えていたのだが、そこに「滅びゆくアイヌモシリ」という言葉が入っていたという。僕から見ても不用意、知識不足も甚だしい。アイヌモシリ（北海道）は滅びていない。

山支連の彼らには以前からアイヌのことや、アイヌ解放戦線の話はしていたので、いの一番に僕に知らせてくれたのだ。

僕はそのまま山谷に向かい、現闘委の事務所に入った。奥まったところにアイヌの人がいて現闘委のメンバーと話をしていた。

僕は挨拶をして、話が終わるまで事務所の中で待機していた。やがて話が終わり、改めて彼と対面し自己紹介をした。

僕が北海道生まれで、祖母がアイヌのハーフだったこと。アイヌの戦いを手伝いたいことなどを話した。

続いて彼が言ったたことは、「俺はアイヌ。十勝の幕別で生まれた。名前は酒井衛《まもる》。鳶をやってる」と剛直に話し出した。

「僕も十勝にいたことがある。広尾の豊似という処だ。じゃぁ、同じ十勝の空を見て同じ空気を吸っていたんじゃないか」

同郷の人間と知ったからか、彼の目が和んだ。暫く話をして、また事務所で会う約束をして別れた。

一九七三年の肌寒い暮れだった。オイルショックで景気がしぼみ、仕事が少ない年で越年闘争に入っていた。

山谷の越年では多くの労働者が集まるので、炊き出しや餅つき等炊き出し班や整列監督、防衛警備その他人手が必要で色々な仕事がある。

また、体を壊した労働者には医療班があり薬や指圧等で賄っていた。救急車が必要な場合、我々の関係者が必ず一緒に乗り込んだ。

山谷の労働者と知ると途中で降ろされてしまうからだ。

労働者が集まると機動隊が出動してくる。公園を囲む夥しい数の機動隊と公園を守る僕たちとにらみ合いが始まり、労働者などと機動隊が取っ組み合いになると逮捕者を出さないために現闘委メンバーが間に入るが、そんな時現闘委メンバーが機動隊に逮捕されてしまう。

警察は何としても現闘委や労働者の集まる玉姫公園の行事、イベントを潰そうとして事あるごとに攻撃を仕掛け一人でも逮捕しようとする。そのような時にはつかまり逮捕されそうな仲間の体の一部をつかんで引っ張り合いになるので、当事者としては痛いことこのうえない。

そんなことが始終あり、夜も更けると労働者は焚火の傍に集まり集《つど》って眠りに入る。僕は電車が終わってしまったら現闘委事務所に泊まり、動いているうちは電車で帰った。周りは暴力団金町一家や警察の私服、そして私服に雇われた右翼がうろうろしている。一人で歩くのは危険なのでいつも二人以上で歩くようにしていた。

一度一人で歩くことがあったが、いきなり四、五人飛び出してきて拘束され路地に連れ込まれ、腹部を殴られ蹴られたことがあった。彼らはそうしたことをして逃げて行った。

山谷は緊迫した日常だった（悪徳業者との団交）

彼らには傷のつく顔などは攻めてこない。傷のつかない腹部を集中的に狙ってくる。障害の程度が本人でも分かりづらいからだ。だから後で効く。後で腹部が腫れてくる。

山谷での活動は危険だという言葉は、僕たちにとって、労働者の防衛のための危険を冒しての戦いということでもあった。

酒井さんが山谷に登場して以来、僕は彼がいる間は出来る限り一緒になろうと努力した。それは彼との信頼関係を構築することと、僕がどの程度本気で関わっているのかを知らせることでもあった。

酒井さんは驚くほど精力的に動く人で、やがて現闘委メンバーに自他共に認められる存在になっていた。

何が彼を突き動かしたのか。

労働者として、それまで受けた理不尽な抑圧や差別の経験を踏み台に、労働者の解放という高い目的があったのだと思う。だが同時に、労働者である彼自身がアイヌとしての自分の側面を強調することはなかった。僕の目には自分のそばに立つ友人たちを闘争で見つけた喜びが大きかったと思う。だから彼は連帯という言葉をよく用いてアジっていたし、進んで色々な集会に参加もしていた。

彼が山谷に登場して二、三カ月経ったころだろうか、事務所に立ち寄ると酒井さんがいて、僕を見ると声を掛けられ事務所の外に誘われた。

入口前の横でしゃがみ、小石で「北海道」と書き出した。そして、これから名前をキタ・カイドウにするという。

「酒井という名前があるが、みんなは熊さんという。この山谷には沢山の熊さんがいる。だから、これから俺の名前をキタ（北）・カイドウ（海道）と改称して、これを本名にするんだ」

いきなり言われては是非もない。その日から酒井さんは、キタさんになった。

山谷の戦いはキタさんの登場した一九七三年から七五年にかけて高揚していた。高揚と言っても、機動隊との戦いが激しかったということと、弾圧が厳しかったということだ。

景気も低迷し、仕事にあぶれた仲間たちも増え、防衛のために戦いも強化される。

それと同時に警察の攻撃も激しさを増し、現闘委潰しに躍起になっていた。現闘委を潰すには活動家が一人も居なくすることで、それほど被逮捕者は増えて行った。

七四年越年が最も激しく、キタさんも一カ月で三回も逮捕された。

現闘委の事務所にはいろいろな人が出入りする。ビラ作りや立看作をする者以外は常駐者はほとんどいない。皆飯場に行けば長期で、常駐といっても逮捕されれば暫く表に出られない。

キタさんもこぼしていた。状況は半端ではなかった。いつでも逮捕される危険があった。不当なポスターを剥すと「公文書毀棄」で逮捕、機動隊と小競り合いになると「公務執行妨害」で逮捕、絶えずどんなことにも罪状を作り逮捕者を増やしていき、現闘委を根絶やしにしようとしていた。

ある日、東大赤レンガ校舎でミーティングがあった。そこでは青医連（一九六八年、東大医学部処理問題を契機に作られた）が医務室を構えていて、僕は時間が来るまで館内を観察していた。

僕が驚いたことは開放治療だったことだ。僕が知っている精神病院は閉鎖病棟が殆どで、患者は閉鎖された部屋か檻のようなところに入れられているのだ。薬物療法で、薬の効き具合で病棟を移される。

東大の青医連のやり方は、患者を拘束するのではなく、したいように自由にさせ一人ひとりの話を聞きながらアドバイスをしていた。

病人であれ、一人ひとりの人格を尊重することが印象深かった。そこでは、患者一人ひとりの話を聞き、好きなことを見つけさせ、進んでやらせていた。楽器を持った人の笑顔が印象的だった。

そこには患者はいなかった。医療治療を受けている人がいるだけだった。

ミーティングは夕方から夜にかけて行われ、行動方針とその確認の作業だった。僕は自分の持ち分を再確認するために簡単な議事録を取っていた。

その日は山谷に戻り、皆と一緒に事務所に泊まった。真夜中、寝静まっている中、どなり声を出して大勢の人間が殴りこんで来て何かを探し、寝ていた人間を一人連れ去ってしまった。

一瞬のことで、何があったか把握しきれていなかったが、一人を拘束して連れ去り、家宅捜査もしていったようだ。

気が付くと、昨晩一緒にミーティングに参加していた仲間がいなくなっていた。そして僕のバックのポケットに入れていたミーティングのメモが無くなっていた。

後でその時拉致されて出てきた仲間が言うのには、警察がミーティングの内容を知っていたという、僕のメモを彼らが持って行ったのだとその時気がついた。

このような弾圧で逮捕も多くなり、それぞれが散り散りになった結果、一九七四―七五年の越年闘争を最後に、権力による玉姫公園のテント強制撤去と事務所の自主撤退で現場闘争委員会は解散した。

現闘委の解散は、激しい権力・警察の暴力によるものだが、それに抗する現闘委それ自身の問題もあったことも事実だ。

当初、事務所を置くことにも批判的な意見があったとも聞いていた。盗聴と監視の下での運動の限界性というもその一つだった。流動的な労働者との連帯の仕方を問題にする人もいた。

現闘委には新左翼の様々な党派が参加していた。しかも党派の親分連中だった。それぞれの党派の世界観の中で、山谷と山谷労働者をどう位置づけるのか、運動なのか組織化なのか、現実と方針との谷間に現場の活動家は悩んでいた。

実際現場では党派性でぶっかることもあり、また活動家が労働者から糾弾されることもあった。まとまりが無かったというのも事実だが、それは色々な人が出入りしていた運動体で、出来ることを最大限やっていたという意味では僕は現闘委を評価している。

何か新しいことが始まると権力・警察は刃をむき出す。労働者の怒り、暴動を抑えるため芽になることは力で抑え込む。現闘委は最後まで戦った。

現闘委の戦いのメルクマールはその党派性だったと僕は思っていた。

僕の思考、僕の言語論では、言葉は社会的共用性から言葉を積み上げて広い社会性、世界観を作り上げる。その世界観を頂点として、その世界観は自由ではなく、反対にすべての価値を拘束・制約する。

党派・セクトの論理では、戦略、戦術と下る思考の底辺にある現実理解に、ものすごい制約がかかる。組織をどう作るのか、運動をどう作るのか党派によって思考と方法が違う。

山谷労働者の把握において、組織労働者と違う山谷労働者の位置づけが、党派の論理の中でどう位置付け論理化するのか、言語に置き換えることが出来るのか。各党派の現場担当者は労働者と向き合いながら悩む。

労働者をプロレタリアートと漠然ととらえても、彼らは「自由労働者」「日雇い労働者」「労務者」エトセトラ、自由に山谷に来て自由にいなくなる。組織の対象には限りなく弱い。

そんな彼らと話をするのは酒場。酒を媒介に労働争議を続けて、労働争議に勝ってもそれは彼らの生活を守る戦いで、社会を変えるきっかけではあれ、組織化には程遠い。

活動家は言葉を繋ぎ、積み上げて方針を出さなければ活動と活動現場の総括ができない。

山谷に入って、何が出来て何が出来なかったのか、山谷労働者という言葉の把握、いわゆる位置づけが出来なかったのだと思う。言葉と意味付けが出来なかったのだ。

山谷では、手配師と金町一家そして警察権力との戦いの中で、山谷闘争の意味付けができないことが敗北の原因だったと僕は思っていた。

二年半にわたる現場闘争委員会の戦いは終わった。

しかしキタさんは山谷に残っていた。

キタさんと共に山谷への深いかかわり

現闘委がまだ頑張っていたころ、島根大学のグループが山谷にやってきて戦いに参加した。赤軍のプロレタリア革命派（以後プロ革派）だ。プロ革派は七二年の連合赤軍以降の総括（世界革命から一国社会主義革命と、合同した京浜安保共闘との関係の総括）の中から造られたもので、参加していたのは若い学生たちだった。

現闘委が去った後、プロ革派は山谷解放戦線を作り山谷で活動を開始していた。キタさんはその運動に加わり活動していた。

現闘委の時から三里塚との関係は強く、キタさんもよく三里塚には顔を出しており、鉄塔づくりをやってきたと話していた。鳶は彼の専門だ。

僕はキタさんが心配で、ちょくちょく山谷へ行き山谷解放戦線の事務所で話をしたり、頼まれて彼の口述書記などもした。その文書は、彼の革命家としての宣言でもあり、自己確認の文書のようでもあった。

夏の暑い日だった。ゆっくりと絞り出すように言葉を紡《つ》む。ある時は空をにらみ、またある時は僕をにらみながら、唸るような文言だった。アイヌ同胞に対する呼びかけと、共に立ち上がる労働者に対する呼び掛け文・決起文だった。

不思議なことに、キタさんは出来上がった文書をチラシや機関紙に載せるつもりはないようだった。出来上がった文書を清書して彼に渡すと、確認するように目を通し胸のポケットに仕舞ったところで、キタさんとの外での打ち合わせや話というのは、むしろ形式的なもので、時間が来ると自然に足が酒場に向かう。いつもそうだった。キタさんも僕も酒は好きだ。そんな酒を交えての話は、実は本音が吐露されることが多い。

「これからどうするんだい」と、僕は聞く。

「俺は山谷で労働者解放の革命を起こすんだ」と、キタさん。

「そこにアイヌを入れたらどうだ」僕は返す。

「アイヌ解放革命か。労働者が解放されたら当然アイヌも解放される。そうだよな」と、キタさんは問いかける。

「今のアイヌの人々の現状を考えると、日本政府に対しても世界に対してもこれからアイヌがどういう方針でどうすべきかが出ていない。

結城さんがアイヌ解放同盟を作って活動しているが、ウタリ協会も含めてその先を考えるものを作りたいんだ。しかもそれを、この山谷から始めるのは意味があると思うんだ」と僕は答える。

キタさんは、グラスの酒を飲み干すとそのグラスを掲げて「やろう」といった。

山谷の労働者のために戦うアイヌがいるということが、他の何ものにも代えがたい重要なことだった。

僕の構想が始まった。

その時にはアイヌ解放戦線ではなく、それを領導する政治的フラクション（運動や組織の内部における集まり）が頭にあった。

「アイヌ革命委員会」という言葉が頭に浮かんだ。

まずアイヌの歴史をおさらいする。当時は新谷行の『アイヌ民族抵抗史』という良質の単行本が出ていた。

それと、現状分析。アイヌに対する統計や、宇梶静江さんの「東京ウタリ会」等の把握。

差別というものの分析。これには日本を統治した天皇を中心とした律令以降の階層社会。アイヌの歴史は、実は天皇との戦いでもあった。

革命―共産主義運動での位置づけ。これは党派の持っている硬直した組織論・戦略論ではなく民族問題の解決の方法論的なものを構築。その他当面すること。

次のステップ等思いは巡ってくるが、まずは始めなければならない。

次に会う時まで素案を作ってくると約束してその日は別れた。

それから、何から始めるかを考えた。フラクションの行程表だ。

大雑把でいい、中身はこれから作るのだ。
①アイヌの歴史と現在のアイヌの置かれた位置。
「日本人」がアイヌを支配するのではなく、反対にこれからアイヌが「日本人」を支配するのではない。それはその当時流行っていた「反日」思想や、華青闘[21]の告発を乗り越えるためでもあった。

アイヌの復権とその復権に向けて、何に対してどこから出発するのか。それは自分たちが立っている、この山谷からしかないだろう。
②運動論、組織論。

それはキタさんとの関係で作り上げていこう。理念的観念的ではなく、現実的な処から展開しよう。

③アイヌへの呼びかけ、戦う仲間との連携・連帯。

仲間としての新左翼の持つ論理と運動を引き付けるために、我々の論理構築。

④一国的ではなく、世界の被抑圧民族との連携。

大雑把でいい、基本的な観点に立って最初のレジメを作った。

約束の日、山谷に行くとキタさんはプロ革派の人間を連れてきた。権と名乗った。とりあえずこの三人から始めることにする。

元々の僕の目的は、だれでもいいアイヌを奉《たてまつ》って組織を作ったり運動を起こそうとしているのではなく、キタさんを指導者として育てるのが目的だった。そのための組織論や戦略策定の素地を作ることが僕の使命と考えていた。

権ちゃんに関しては、元々僕のアイヌ解放戦線では一つの指導者もしくは組織・単体の下、いろいろな人や組織が協力し合う関係を考えていたのでプロ革派の毛沢東主義であれ戦線という位置づけの中では拒否する必要はなかった。むしろプロ革派の中でアイヌ解放の狼煙が上がれば心強い。

僕たちの勉強会はそうして始まった。

初日は、差別とは何かというところから始めた。基本的なところから確認を始めたかったからだ。差別とは人の上下、身分制から来ている。その歴史的背景、社会と構造。

(21) **華青闘**　華僑青年闘争委員会で一九六九年に日本在住の華僑青年によってつくられた。一九七〇年七月、盧溝橋三三周年の集会めぐって中核派をはじめ新左翼自体が持つ差別意識を告発し決別する。

「民族」とは定義されるものなのか。出されている民族論を検討してみよう。民族という言葉、概念は近世の新しい言葉だ。中世まで「民族問題」はなかった。それは「国家」も同じだ。

その上で、僕たちの掲げていた「民族解放―社会主義」は一国的課題なのかを検討しよう。

それは国家論にもつながる。国家・国民意識の問題も、カトリックとプロテスタントによる宗教戦争に終止符が打たれたといわれるウェストファリア条約で国家概念が作られ、ナポレオン時代他国侵略の過程で国民意識が芽生えてきた。

その上で、対国家、そして民族問題、アイヌ解放の意味と目的を考えて行こう。

その時の最後の話は、アイヌ問題というものはない、そこにあるのは「日本人」問題なのだ、ということを強調した。

その頃にはキタさんもプロ革に入っており、いつも党の機関紙を読んでいた。新しい知識を覚えようという一生懸命な姿をそこに見た。

七六年に入りキタさんが逮捕されて懲罰房に入れられた後病院に入院することになり、暫くは会えない期間があったが、その間僕は勉強会へのレジメ作りなどを準備していた。

キタさんが退院し、山谷に戻ってきてから勉強会は開始された。

場所は様々で、喫茶店が多かった。定期的に開催され僕がレジメを作り説明した後、討議に入る。二、三時間だったろうか。僕は説明の後、出来るだけキタさんの話を聞くようにした。彼の受けた差別、これからしなければならないこと等彼の口から吐き出させるようにしていた。

終わると一緒に飲むのも予定に入っていた。勉強会も大切だが、飲み会がフラクの大事な要素・目的でもあった。

その年の一二月、「よっ、飲み会があるから行こうよ。ただで酒が飲めるぞ」と誘われて行ってみると、ペウレウタリ（若いアイヌの会。一九六四年発会）の忘年会だった。菅野甚一《かんいち》さんが会長だった。宇梶静江さんも来ていた。

非公然のアイヌ革命委員会の結成

僕たちの勉強会は順調に進んでいた。打ち合わせの中でアイヌ解放に向けた新しい運動主体を作るという目的と僕たちの主体作りが話し合われた。

名称は「アイヌ革命委員会」で、フラクション活動を通じて主体基盤が出来るまで非公然の活動とした。アイヌを語ることで権力に目を付けられることを避けるためだった。

当時、東アジア反日武装戦線(22)がアイヌを課題にしての爆弾闘争があり、権力・警察が血眼でアイヌの活動を弾圧していたからだ。

一九七七（昭和五二年）に入り一月、山谷統一労組（山統労）が結成され権ちゃんが委員長、キタさんが副委員長だった。

フラクションの打ち合わせで報告を受けた。キタさんを委員長にという話もあったが、まだ不十分だということで副委員長になった。

実際、組合でも酒を飲むうち「なんで俺の気持ちが分からないんだ！」と暴れる話も聞いていた。

(22) **東アジア反日武装戦線**　一九七一年～一九七五年、反日やアイヌ革命論などを主張し、三菱重工業などにたいし連続企業爆破闘争を行った。死刑判決を受けた大道寺将司は釧路の出身だった。

ので、彼の気持ちを言葉で表現できるようにするのが僕の務めだと肝に銘じていた。

論理に長けた新左翼の中で、そして日本の国民にも彼の気持ち思いを伝える作業が、このフラクションだということだ。

その春、都下の立川に出来た三多摩アラブパレスチナ連帯委員会にも参加した。キタさんは山統労として参加した。集まっていたのは一〇人程で、自己紹介で僕はフラクの目的を説明した。

キタさんはパレスチナ解放闘争に非常に関心を持っていた。土地を奪われた彼らとアイヌが奪われたアイヌモシリ（北海道）を重ねていた。土地がなくても闘いは出来るんだというのが彼の口癖だった。

立川までの電車での往復では二人ともタバコを離せなかった。当時電車の中で煙草が吸えて、僕もヘビースモーカーだがキタさんも同じで、二人ともタバコを切らさず酒も交えて延々と話をしていた。これから切り開く未来の姿の話をしていた。

立川へは会合の都度、足繁く通った。

その頃のことだったろうか。

僕はアメ横で仕事をしていて、よく上野近くの喫茶店でキタさんと打ち合わせをしていた。地下だったので、周りの客や見渡せる階段に注意しながらの打ち合わせだった。

キタさんは逮捕歴も多く、当局からは要注意人物なので我々の活動を通してのでっち上げや危害には細心の注意は払っていた。絶えず私服の見張りを感じていたからだ。

キタさんと別れ、御徒町《おかちまち》駅に向かっていた。最終電車に間に合わせるために足早に歩き駅に着いたとたん、誰かが僕の後ろポケットから財布を盗んだ。慌てて振り向くと同時に数人の男が僕にぶつかってきて手に持ったバックを奪い四方に走り出した。財布を取った者はもうおらず、四方に逃げた彼らも視界にはなかった。

バックには、先ほど話したことのメモとレジメが入っていた。財布もなく終電も終わり、帰ることが出来ない。

朝には働いている店が開くにしても時間があり過ぎる。とぼとぼとガード下を歩いていると、ガード下のあちこちに「浮浪者」（仕事がなく住む場所がない人への俗称）が横になって寝ていた。昼間は目にしないので、夜になると寝るために集まるのだろう。なかには昼から寝ている人もいるようだ。

行く当てもなく歩いていると、寝ていた「浮浪者」が声をかけてきた。

「あんちゃん、どうしたんだ。何かあったのか」

僕は、山谷でよくあることなので、その男の人の横に腰掛けて事情を話した。

すると「えらい目にあったな。ここでいいんなら朝まで休んでいけばいい」と、言ってくれた。ありがたい、ここで休むことにする。

すると、その男の人は「冷えるといけない。一杯飲むか」と言って一升瓶を出してきて、かけたコップに注いで僕にくれる。そしてそこから離れてから女の人を連れてきた。

「このあんちゃん、飯も食っていないから、何か作ってくれないか」と、その女性に注文している。その女性も良く見ると六〇歳は越しているようだった。よれよれの衣服を見ると「浮浪者」仲間なのだろう。

「うどんならあるけど、食べるかい」と聞くので、うなずく。

するとどこで火を起こしたのか、スープの入った暖かいうどんを持ってきてくれ、僕が食べ終わるまで僕たちのたわいない話に参加していた。

そして、僕が食べ終わると、その食器を持ってどこかへ行ってしまった。おなかが一杯になり、酒も入ったので僕は朝までそこで寝ていた。

朝、気が付くと勤め人が大勢歩いていた。なかには僕を見た女性が顔をゆがめているのが見えた。「浮浪者」と一緒にいる僕がどう見えたのか。不思議な気持ちだった。

僕は、その男性にお礼を言って、そのまま仕事場に向かった。

その年の四月「アイヌ革命委員会」の合宿をした。泊りがけで学習と討論を続けた。

そこで、この夏アイヌが選挙に出るという参議院選挙についても討論した。アイヌ参政協議会から成田得平という青年が出馬するということだった。

僕は先に三里塚の反対同盟委員長の戸村一作の選挙を手伝ったことがある。戸村さんの選挙も、それなりの意義があったと思っている。

アイヌが国政に出ることは、アイヌを知らない人にまず知ってもらうこと、アイヌの歴史と現状を知らしめること、その上でアイヌのこれからを展望する、それはアイヌの地「アイヌモシリ」(北海道)のこれからをアイヌの立場で考える、やり方では自治区のように少数民族の自治権の話までした。

それから成田得平さんの選挙支援活動が始まった。フラクションの公然活動の開始だ。

僕はフラクでは、党派のような戦略論や綱領的な話はしなかった。それはアイヌ自身が決めることであり、外から押し付けるものではないからだ。

アイヌ解放に向けた方向性は、あくまでもキタさんに託していた。キタさんは誰からも慕われていた。その上に皆を引っ張る力をつけるのがフラクションでの作業だと僕は考えていた。

実際、アイヌ解放といっても、それを率いる人は多くはいないが、現下それぞれの方針が違い運動の方向・やり方が違ってくる。

結城さんは政治的な対決で政府が相手だ。成田さんは文化を含めたグローバルな対応だ。そしてウタリ協会がある。

僕は、今からでは想像がつかないが、アイヌの自治権が認められた時、それを担えるようなアイヌの政治的受容基盤、一つの政治的権力軸の必要を感じていた。政治権力を奪取しようという党派に入ったキタさんに、僕の知っている政治の仕方を教えアイヌの対権力闘争に近づけたいと思っていた。フラクションの討論の中で、山谷統一労組の委員長である権ちゃんから山谷の労働者が高齢化していることと、それに伴って山谷から離れていることを聞かされていた。山谷の労働者人口が減ってきているのだ。

山谷からこのフラクションを立ち上げるのは意義があるが、外に出て外部の支援・連帯の網を作ることもこれから必要になってくる。

アイヌ問題と選挙運動

一九七七年、成田選挙への参加は、外部への運動の接結と連帯の構築という課題をもって始まった。

東京の選挙事務所は、横山孝雄[23]さんが田端にあった自宅を開放して事務所にしていた。横山さんはその後むつみ[24]さんと結婚し、北海道に移った。僕もキタさんもよくお世話になった。田端の事務所には選挙応援のために様々な人が来ていた。

僕たちは、事務所を起点に選挙ビラのシール貼りやビラ撒き、街頭宣伝等出来ることは何でもした。また集まりがある処へはどんなに遠くても行って宣伝した。議会制民主主義に否定的な新左翼の集まりに顔を出して、アイヌが政治にかかわることの意義を強調してビラを配った。

成田さんが東京の事務所に来ていた時は、その政策を巡って色々議論した。

アイヌ差別を前面に出して、同情してもらうような票はいらないと言った時には、反対した。アイヌの置かれている現状を説明するのに差別の存在を抜きには語れない。そのような差別を生み出す現状をどう変えていくかを政策的に述べなければならないことを成田さんに強調した。

また北方領土返還を政策の一つにすると言った時には、アイヌモシリを奪った日本・日本政府の政策を追認するのはおかしい。自由な大地をアイヌの手にというべきだ、などといろいろ意見を出した。政治に出る人と政策の話をするのは楽しかった。

ところで、選挙事務所には高校生も手伝いに来ていた。女の子が熱心に規格宣伝ビラにシール貼りをしていた。

聞くと朝日新聞記者本多勝一の本でアイヌの選挙とそのための選挙事務所があることを知って手伝いに来たという。僕たちにもついて回り、一生懸命手伝ってくれていた。

この女子高生の晴美さんが後にキタさんの奥さんになるとは、この時想像もできなかった。

選挙も終盤になると熱が入る。僕は宇梶静江さんと組んで、近隣を回ることになった。大宮、深谷、熊谷方面である。

国立で宇梶さんを待ち、宇梶さんの運転する車に乗って各地駅前でビラ配りと選挙案内をした。車中では宇梶さんが生まれ、僕も住んでいた荻伏の話で盛り上がっていた。

二日程一緒の行動だった僕がアイヌの矢じり集めをしていたことを伝えると、そんなの土を掘れば沢山出てきたよとあっさりからかわれもした。

最後の日は国立の谷保の自宅に車を戻し、お店の準備をする間、アパートで休むように言われそこに入ると、入れ替わるように青年が慌ただしく出てきた。それがのちに俳優として有名になる宇梶剛士《たかし》君だった。

あんた、どこに行くのと、宇梶さんが問いかけると、芝居の稽古に行くという。

忙しそうに駆けていく青年の後姿を見送りながら、宇梶さんは、あの子も変わったね、この間まではいつも何かしでかして、何かあれば私のところに警察から電話があったものだよ、と嬉しそうに話してくれた。

その晩は宇梶さんのお店でお酒を飲んで東京に帰った。

選挙の間、僕とキタさんは近隣の飲み屋に行っては選挙の宣伝をしていた。

駒込の焼き豚屋では、主人がアイヌのことをよく知っており、差別についても主人の口から憤りを込めて語ってくれた。東京でもこういう人もいることを知り、心強く感じたものだ。

(23) **横山孝雄**　一九三七年〜二〇一九年。漫画家。北海道登別に移住。アイヌ民族の漫画や絵本を発表。妻はむつみ。『コミックアイヌの歴史　イシカリ神うねる河』など多数の作品がある。

(24) **横山むつみ**　一九四八年〜二〇一六年。知里真志保の兄の娘。「知里幸恵のしずく記念館」の館長を務めた。

七月一〇日は選挙の投票日で、成田さんは残念ながら落選だった。ただ、こういう形でアイヌが自分の主張が出来たのは意義があったと思う。

また、成田さんと回った選挙演説所ではキタさんも熱弁を振るったという。僕は聞くことは出来なかったが、フラクションの成果が出ていることを期待していた。

選挙が終わってキタさんは飯場に入った。

戻ってから、フラクの打ち合わせは続いた。その中でも、選挙の総括と今後の方針が話し合われた。

アイヌ参政協議会に東京部分での総括を出し、それがそのまま一〇月二三日に北海道でのアイヌの集まりに間に合わせるよう、参加人たちに呼び掛け選挙の反省会を開き、集まった人たちで今後の継続した集合体・運動体を作ることをフラクで確認した。

九月一五日、一五人の参加を得て渋谷の喫茶店で反省会が開かれた。

キタさんからの挨拶をもらって、僕が進行役で反省会を進めた。記録を取るのに二、三人いたろうか。僕も進行を進めながらメモを取っていた。

反省会が終わって、集まった皆に問いかけた。選挙が終わったからと言って自然解散ではなく、選挙を通じて色々考えることもありアイヌとのかかわりが出来たことを踏まえ、これから僕たちがアイヌの真の解放に向けて一緒に考えて行こう、と言うと皆賛成してくれた。皆の連絡先を確認して別れた。

それから自分のアジト（アパート）に戻り、集めた議事録を編纂し北海道に送った。

東京地区有志の会という名前で選挙総括を送ると、その文書は一〇月二三日の集会で読まれたということをその後聞いた。

フラクションは続いていた。

選挙の反省会をした人たちとはその後も連絡を取り合って集まりを開いたのだが、実はその辺の記憶があまりない。

一九七八年一月の山谷越年闘争でキタさんが逮捕されてしまう。

その上、プロ革派及び山闘労から除名されたという。理由は個人的な過失だった。

ただ、僕自身はその年の夏の前までキタさんを軸として大衆運動の準備をしていた。ちょうどその頃、青山学院大の教授が週刊誌にアイヌに対する差別的な文書を載せたことへの糾弾行動が始まり僕も参加し、皆に呼びかけをしていた。

ところが、肝心の糾弾日に僕は怪我をして身動きが取れず参加できなかった。

しばらく休養し、キタさんと連絡を取り合っていたが、彼の口からアイヌ解放研究会が出来たということを聞いた。

僕は喜んだ。選挙に参加して糾弾闘争に参加した人たちで正式に会ができたと思ったのだ。

怪我の程度も落ち着いて、アイヌ解放研究会に参加することになった。

主役が代わったアイヌ解放研究会

研究会に行って驚いたのは、選挙に関わった顔は誰一人としておらず、代わりに見知らぬ人たちが集まっていた。

しかもこの会ではキタさんが主役ではなく、結城庄司さんが主宰者だった。僕がいない間に状況が変わっていたのだ。

僕はと言うと、仕事を辞めた上に僕のアパートに転がり込んできた在日朝鮮人の彼女と生活するため大塚北口にアパートを借り、住家を確保して仕事探しをしていた。

やがて旅行関係の会社に就職が決まり、営業と添乗が始まった。

キタさんとは連絡を取り、東京にいる時は出来るだけアイヌ解放研に顔を出した。キタさんも来ていたが、七九年には晴美さんと北海道に戻っていった。

その後、僕は八〇年に朝鮮人の彼女と簡単な結婚式を挙げ、そして子供ができた。キタさんにも子供のアツシ君が生まれた。

北海道では仕事をするにも大変で、よく東京に来て仕事をしていた。

一九八一（昭和五六年）年に僕は彼女が養女になっていた両親と和解をして、経営していたパチンコ関係の仕事に就いた。

代々木にお店があり、東京に来たキタさんはしょっちゅう店に顔を出しては、情報交換と運動の関わりでは打ち合わせもした。また、店にはキタさんの妹の悦子さんもよく来てくれた。大概はキタさんへの心配が多かった。特にアイヌと結婚した晴美さんを心配していて、子供が学校に行くと差別にあうのではないかと話してくれた。

キタさんが代々木に来ると、食事は一緒にした。店の隣にある蕎麦屋で食べるのだが、キタさんの注文はいつも酒を飲むだけなので、その都度食事もしろと僕は注意ばかりしていた。

アイヌ解放研究会では検討会、勉強会以外に講演会や映画界もよく開催した。

八一年には渋谷でアイヌの現状と歴史を記した映画上映。

八二年は山の手教会で萱野茂さんの講演会。

八三年に結城庄司さんが死去して東京で追悼集会が開かれた。

八五年、野村義一さん（北海道ウタリ協会理事長就任）に来てもらいアイヌ新法について講演してもらった。

ところが八六年一月山岡強一[25]さん、俗称山ちゃんが新大久保で金町一家の凶弾に倒れた。その前年には、佐藤満夫[26]さんが金町一家西戸組に刺殺されている。

山ちゃんは山谷にその後できた山谷争議団の指導的メンバーだった。とても面倒見が良い人で僕たちも現闘委時代、山ちゃん山ちゃんといっては何かにつけ面倒を見てもらっていた。キタさんとも一緒に飯場に行ったりしていた。

新大久保から朝、ヤマちゃんと一緒に旅館を出て現場にいたのは小樽の高校の後輩だった。キタさんもショックは隠せないようで、山谷人民葬では自らマイクを持って泣きながらヤマちゃんを追悼していた。

(25) **山岡強一**　一九四〇年生まれ。札幌南校卒。一九七〇年山谷現場闘争委員会を組織。一九八〇年、全国日雇い労働組合協議会が組織され、山谷争議団のリーダーとなる。佐藤満夫監督がドキュメンタリー映画『山谷―やられたらやりかえせ』の撮影中に刺殺されたため、後を引き継ぐが、一九八六年六月一日凶弾に倒れる。
(26) **佐藤満夫**　一九四七年生まれ。新潟県南魚沼町生まれ。八三年「東アジア反日武装戦線・支援連」の集会で「山谷を支援する有志の会」のメンバーと出会う。一九八四年一二月二二日、『山谷』の撮影中に刺殺される。

キタさんの死

一九八七（昭和六二年）七月、新宿駅校内交番でキタさんが警官から暴行を受け右足を骨折するという事件が起きた。顔と口に三針ずつ縫い大けがだった。

早速、僕たちは妹の悦子さんを含め集まって交番に抗議に出かけた。交番の警官は知らぬ存ぜずの逃げ腰で、当日の担当者を調べ連絡を続けた。

当日の担当者も電話には出たが、その後姿を消し、交番ぐるみで担当だった警官を隠していたようだ。僕たちは抗議を続けたが、当日の裏付けをとれないままだった。

後日、目白病院に緊急入院したキタさんを、僕は子供を連れて見舞いに行った。

駅で電話をいれ、何が食べたいか尋ねると、お菓子をたくさん買ってきてくれと言う。

そんなにお菓子が食べたいのかといぶかりながら、大量のお菓子類を抱えて病室を訪ねると、待ってましたとばかり、そのお菓子を同室の患者に配りだした。

周りに気を配るキタさんらしいやり方だった。

退院後、彼は生活のため仕事に出るが、また仕事場で骨折。青梅の高木病院に入院することになる。

新宿駅校内交番の件は担当が逃げ回り、結局謝罪も何もさせることが出来なかったのは悔しくて残念だった。

山谷の労働者、アイヌに対する差別的な暴力が警察の中で容認されるような社会なのだ。

それまでに、僕の職場は代々木から川口に店を変わっていたが、そこにもキタさんはよく訪ねてきた。

朝一番の開店に集まる客の先頭に立ってキタさんがホールに入ってきたこともある。時間があれば、二階の焼肉店で定食を取ることもあった。

一九八八（昭和六三年）三月三日のことだった。その日キタさんが来て、またフラクションをやろうという。

彼が山谷の集会で、アジテーションをして頑張っているのは知っていたが、アイヌ解放研を進めている一方で、フラクションを再開するのも場違いに感じたので、その時は検討するとだけ応えた。彼はアイヌ解放研に馴染めないでいるのか。確かにアイヌ解放研では発言することもあまりなかった。

僕は、彼が主役になることを願ってフラクションを始めたのだ。アイヌ解放研は結城さんで、キタさんはただの参加者だった。そして今、結城さんもいない。

その話の後、北海道の親戚が癌で大変なので行ってあげたいと言っていた。あいにくその日は僕にも仕事が入っていたので、その日はそのまま別れた。

それから一カ月経って、いきなりキタさんが死んだという連絡が入った。

一九八八年四月のことだった。

突然のことであり、信じられなかった。

慌ててあちこちに連絡を入れ、その経緯を訊ね回った。

やられたのか。彼は、品川沖で発見されたという。水死だという。

泳げる彼が水死？　何もかもが不自然だ。

僕は受話器を取って、朝日ジャーナル編集委員の宮本貢《みつぐ》さんに電話をいれた。

ついこの間まで、僕は自分が働いているパチンコ業も含めての風営法改悪に反対し、そのことが朝日ジャーナルにも紹介され、僕自身色々文書も書いていて宮本さんとも連絡を取り合っていた。新聞記者なら情報網を通じて、キタさんの死の経緯が少しでもわかるかもしれないと思ったからだ。

僕の知りえた情報を伝えたが、その情報量も少ない。なぜ？　を埋める情報、なぜ？　に繋がる情報がない。

品川に行ったのか、他の場所から川の水に運ばれ流れついたのか、一体全体彼は何処に行ったのか。何のために。

何も情報が集められないまま、葬式が始まった。三ノ輪の斎場だった。

北海道からは晴美さんとミナちゃんが来ていた。

式がどうだったか、今となっては何も覚えていない。気が付くと広間のキタさんが入った棺桶の前で酒を飲んでいた。傍には悦子さんと旦那さんの青木さんがいた。

僕は飲み続けた。やるせない思いで胸が一杯だった。涙なんて出てこない。

その時、当たり所のない怒りが僕を突き動かした。

僕は目の前にある棺桶を開けた。

そこにはキタさんが目を閉じて、それは眠っているようだった。

僕はキタさんに叫んだ。

「キタ！　起きろ！　起きろ！　お前、死ななきゃ自由になれないのか！」

僕は、彼の胸倉をつかんで引きずり出そうとした。

すると、慌てて周りから人が集まってきて、やめろと僕を押さえつける。

すると、悦子さんが「いいのよ。やらしてあげて。悔しいのよ。気持ちがわかるから」と、言ってくれた。

その言葉を聞いて、思いっきりキタさんを棺桶の外に出そうとしたがあまりにも重かった。北さんを落としてしまったのか、棺桶が倒れたのか、気が付くと北さんから手を放してその場に突っ立っていた。僕はキタさんの気持ちを思うと、悔しくて涙が出て来て止まらなかった。

僕は仁王立ちになっていた。キタさんが闘争の時の構え方だった。キタさんが乗り移ったのか。そして僕は吠えていた。その後のことは覚えていない。がぶ飲みしていた酒が効いたようだった。

ただ、夜中ふと目覚めると、横にキタさんが寝ていた。ああ、やっぱり死んでなんかいない、そう思ってそのまま寝てしまった。朝、目覚めると僕の横には悦子さんと青木さんが寝ていた。見渡すとみんな雑魚寝で、昨晩はそのままここで寝たようだ。垂れ幕や飾りが外れたり、よれよれになっていたが、昨晩誰か暴れた人間がいたのか。

時間がたち、みな集まって集会が開かれた。

僕は三つのことを提案した。一つはキタさんの死因を徹底追及すること。二つ目は、キタさんの残したものを子供たちとアヌタリ（アイヌ・ウタリ）、そして日本の人に知ってもらうこと。そして三つ目は、はっきりと覚えていないが、仲間のための共済事業を始めようということだった。

二つ目の、やってきたことを残すというのは、その時の僕の気持ち、彼が持って行ってしまった

山谷でのキタさんの追悼会で

キタさんと一緒だった僕の青春時代を埋めるためにも必要だったことだった。

実際、彼の死を目の前にして気が付いたのは、彼と築き、続けてきたことが、彼の死で無くなってしまった悔しさ、それと僕の青春の記憶をキタさんがそのまま持って行ってしまった空虚な気持ちだった。

そして、僕は必死になってキタさんが話していた言葉を思い出しながら紙に書き綴っていった。子供たちが大人になった時、キタさんの遺言として彼の活動と共に残してあげようと考えていたのだ。

そして三つ目は、それまで頑張って来た活動家が若くして亡くなるケースも多く、貯えがないまま路頭に迷う家族が多かったからだ。

焼場では、採骨を皆でやった。岩淵君（日大全共闘・芸術学部闘争委員会）はキタさんの骨を飲みこんでいた。僕は持っていたハンカチに彼の遺骨を隠し入れた。それは後日、仲間の手でゴラン高原に埋葬された。

遺稿集『イフンケ（子守歌）』の刊行

その日から、僕の新しい仕事が始まった。

それは、キタさんの追悼集を発行することだった。

斎場で約束したことで、そのために彼とかかわった人をリストアップして手紙と電話で追悼文や思い出を書いて送ってもらう作業が始まった。悦子さんにも協力してもらい、家族や知り合いにお願いしてもらった。また、アイヌ解放研の仲間や山谷の仲間にも追悼や知り合いへの呼びかけをお願いした。

当時、僕の勤務時間は朝八時に出勤し、夜二時間ほど食事・休憩で家に戻る以外夜中零時か午前一時まで働いていた。夜は誰も居ない分、自由に使える時間があったので、電話は強力な武器だった。

僕は電話をかけまくり、成田得平さんや萱野茂さん、晴美さんなどに電話取材したり、キタさんが上京して働いていた工務店には直接ご自宅にお邪魔してテープで取材したりもした。

権ちゃんもテープ取材を受けてもらい、そのテープ起こしをした。

原稿を集めるのに三年かかった。

途中、キタさんの墓を作るという話を聞いたので、それまで共済資金にするつもりで貯えていたお金を晴美さんに送ったこともある。

その当時、心配なので晴美さんにはよく電話をしたが、朝から夜まで三、四件の仕事をかけ持って働いていることを聞き、その努力に頭が下がる思いでいた。

原稿がそろった頃、編集委員会を招集した。

悦子さんを中心に、出版社への橋渡しをしてくれた佐藤秋雄さんをはじめ、編集委員会には常時五、六人は参加してもらった。

届いた原稿を人数分コピーして検討してもらい、全体の構成は僕がした。本にすることが決まったので、朝日新聞の本多勝一さんと石川巌さんに来てもらい座談会で話したことをテープに保存した。

テープ起こしは悦子さんがやってくれた。

キタさんの兄さんや兄弟親戚も協力してくれ、またアイヌ・ウタリからの協力もあった。

加藤登紀子さんはアラブパレスチナ連帯委員会主催の大地の日に参加してくれたり、帯広でのパーティー等キタさんをよく知っているので、悦子さんに原稿依頼に行ってもらった。

「日比谷でコンサートを開催していたので、楽屋でお願いしたの。お願いしているうちに涙が出てきて泣いてしまった」と、悦子さんは後で僕に打ち明けてくれた。

加藤さんは原稿を送ってくれた。

原稿や構成等を皆で検討し、題名は悦子さんの提案した『イフンケ（子守歌）』に決まった。

出版は彩流社で、僕は何度も足を運んだものだ。

出版が完了すると大手新聞社四社が『イフンケ』の書評を載せてくれた。

本が出たことで、僕は一息つけた。

本の序文にも書いたが、子供たちに残すものが出来てけじめがついたことと、何よりもキタさんに持っていかれた僕の青春の穴を埋めることが出来たことがうれしかった。

何故、ここまで必死に本を出そうとしたのか。それは彼が死んだことで、それまで一緒に積み上げたすべての時間と思い出を、そのまま彼があの世に持って行ってしまったようで、僕の中に何も残っていなかったことからだ。

彼と議論し、泣きながら怒鳴り合ったことも彼と僕とのことで、それは他の誰とも共有できないもので、そんな僕の青春時代が彼の死でスッポリ抜け落ちてしまったのだ。埋めることの出来ない心の空洞、それは空虚というよりももっと深い奈落の底に立つような心境だった。

本を出したことで、僕自身の心の隙間を埋めることが出来たのだ。それからの僕のアイヌとのかかわりは、僕の出来る範囲にした。

アイヌ解放運動は、キタさんを軸に考えていたので、他のアイヌを立ててやることではなく、僕の現下の在日朝鮮人「問題」に軸足を置くことにした。

日本の高度成長─経済の担い手の底辺労働者のたまり場としての山谷、日本の歴史の中でまつろわぬ民として基幹産業から排除されてきたアイヌが出会った場所で立ち上がったキタさんの存在と役割がキタさんを形作ってきた。

それは日本の労働運動、更には社会運動・市民運動の中でアイヌの位置づけが問われる問題でもあった。キタさんがいなくなった穴は、僕が努力して埋められるものではないことを自覚していた。

したがって山谷で形作ってきたアイヌ革命委員会も自然消滅した。

アイヌ革命委員会は、原初的には口下手なキタさんが自分の思いを存分に吐露できず、仲間たちに当たっていたことを踏まえ、思い考えていることを言葉に出来るようにするためと、その上で他戦線や仲間に働きかけ組織化することにあった。

この組織化とは、単なる党や硬直した指導部づくりではなく、多くのアヌタリ（アイヌの仲間）を結集して日本政府と渡り合える組織というものだった。もし、アイヌに自治権が認められるようなことがあれば、それを引き受ける主体作りという考えだった。

若き日のキタさん

それまでのアイヌの組織では、日本国に認められた穏やかで日本国の法律に従う範囲内での活動になってしまい、自治・自立した民族組織ではなかったからだ。

キタさんの死をめぐっては様々な疑問が出されたが、彼の足跡を含め不明なままで追及できなかったことは今でも悔やまれる。

ただ一つ言えることは、彼は自死する人間ではなかったことだ。

彼と生前意思一致していたのは、在日朝鮮人のような民族学校・自立した民族教育の機関を作りたかったこと、民芸品だけでなく僕のところに逃げて来て働いていた樺英和さんの思いにあったような鹿牧場のような自分たちの会社、生活を保障する作業をしたかったことの一つだった。

キタさんは、僕の在日とのかかわりには関心を持っていてくれていた。

そこにはキタさんも評価してくれた「チョンソリ」におけるような、自立し生活、文化、教育を権利として戦っている在日の評価にも係る。

日本政府が強いてきた同化政策の負の部分との共闘にもつながる。

これからの僕のもう一つの軸足とは、これからの生活を考え、子供たちも民族学校に行っており、差別も含めてそれらに向き合う必要があったからだ。

キタさんが死んだ時、僕は三七歳だった。そしてキタさんは四五歳になったばかりだった。

第三章　ヨンジャと共に

ヨンジャとの出会い

一九七四、五年ごろだったろうか、僕が上野にあるアメ横（アメ横商店街連合会）で働くようになったのは、学生ＹＭＣＡの部室に出入りしていた他大学の在日韓国人の女子学生に頼まれたからだった。

彼女は大韓航空に就職することが決まったのだが、それまで手伝っていたお店が心配だという。父親は肝臓を悪くしているので、一人で立たせるには不安があるのだ。

ちょうどその頃、僕は「レーニン主義研究会」から身を引いていた。会の方では、僕に任務を与えることを検討していて三里塚に派遣することを考えていたようだ。

僕はキタさんと出会い山谷に出入りしていて、山谷での支援活動に集中しようと考えていた。山谷と三里塚では両方が片手間仕事になる。議論しても始まらないので、顔を出すことは辞めた。当然、アジトも抜けたのだ。鳶の仕事もやめていた。

アメ横は上野の隣で、上野から南千住は近くて通うには便利なので、アメ横の仕事は承諾した。

南千住の駅から玉姫公園の横にある山谷現場闘争委員会の事務所まで通っていたからだ。

その店は、朝一〇時から夜七時までの勤務だった。

表通りには魚屋が多く、威勢の良い売人の声があちこちからこだましていた。

昼間の喧騒とは別に、夜になるとアメ横も通路を除いて閉鎖され、裏通りは閑散として静寂が支配する。居酒屋や焼き肉店に足を運ぶ人がいるぐらいだ。

僕が働くことになったのは宝飾店で、金やプラチナのネックレス、ダイヤなどの石もの（ダイヤとかルビー）の指輪を売っていた。

昼間高級品を売りながら、夜は山谷に通うのに妙な落差を感じるが、食うためだと割り切っていた。

また、客にしても金持ちばかりが来るわけでもなく、思い出や記念品として買っていく庶民も多く、アメ横の風物を楽しむために訪れる旅行客も多かった。

ガード下に並んで店を開いているそれぞれの間取りも一坪ほどの店が大半で、戦後の闇市からの歴史を感じる場所でもある。

ガード下も表通り同様、人がぎゅうぎゅうになって歩いてくる。活気のある仕事場だった。

僕がアメ横で働き始めたのは、記録していないのではっきりしないが一九七五年前後だったと思う。

在日韓国人の社長が店の奥に座り、僕が狭い入り口にイスを置いて客を待つ。待つというより、歩いてくる大勢の客を眺めると言っていい。

ショーケースを見入る客に声掛けしたり、質問などに答えながら客に買う気を起こさせ商談を成立させる。

宝飾店の前の店は、輸入雑貨店で主に婦人服を扱っていた。

こちらは在日朝鮮人の経営で、店の奥には女性が一人座っていて、店中を通り二階の事務所に上がる初老の人が、そこの社長で総連（在日本朝鮮人総聯合会）の幹部だという。

総連と聞いて関心はあった。よど号ハイジャックで獄中にいて裁判をしている連中と北朝鮮に行っている部分と連携が取れないものか、総連の幹部だと北朝鮮に行く機会もあるので、知り合いにでもなれたらいいなと漠然と思っていた。

当時、ハイジャックに関して赤軍派幹部の裁判が続いていたので、僕なりに関わることが出来ないかと考えていたのだ。それは単なる動機づけの一つだったのかも知れない。

自店の社長に簡単な韓国語を習い、いつも目の前に座っている女性に韓国語で話をして笑わせながら、いつしか食事や居酒屋に一緒に行く機会が出来るようになった。

ガード下の店舗に立つ他の従業員とも仲良くなり、やがて早朝にバレーボールの練習を上野の森で行うようになった。

僕が、店の韓国人オーナーに最初に教わった言葉は、「パボガトゥンソリハジマラ」だった。「馬鹿なことを言うな」という意味だ。

「パボ」や「モットングリ」という、ケンカで相手を非難する言葉は、好んで覚えた。

意地の悪い冷やかしには、よく使った。相手は、僕が何を言っているのか分からないのが強みだ。

ただ、相手が韓国人や朝鮮人だったらケンカになってしまうので、注意は必要だった。客は日本人だけではないからだ。会話は楽しかった。

片言の韓国語や中国語も、相手の関心を集めるのには有効だった。ハワイから来た外国人に、僕の英語が褒められたことが特にうれしかった。

ある時、北海道の訛りの強い客に出会った。僕にとって、同郷の人との出会いがうれしくて、「北海道の方ですか」と尋ねると、「馬鹿にするな！」と、怒って行ってしまった。

訛りを気にしたのか、地方のコンプレスからなのか、僕にとっては釈然としないことだった。

店は七時に閉めた。普段は、仕事の後に山谷に向かい、フラクションの多くは上野の喫茶店を使った。

時間がある時はアメ横店舗の従業員と飲むこともあったが、機会があれば店前の朝鮮人女性と時間を過ごすようにした。

女性は仕事の後に、代々木で経営している喫茶店の集金に自家用車で向かうのだが、時々僕も同伴することがあった。その喫茶店は代々木駅のそばにあり、学生時代、明治神宮に来た帰りに幾度か入ったことがある、しゃれた喫茶店だった。

女性はヨンジャという名で、韓国釜山近くの松島で生まれ、小学校の時おばあちゃんに連れられ船底に身を隠して日本に来たという。それは小学六年生の時で、一九六〇年頃の話だ。昼は炭焼き小屋で過ごし、夜に男の人の背におぶられて大阪まで出て、それから東京の親戚にたどり着いたそうだ。

親戚とはおばあちゃんの娘の嫁ぎ先で、そこでおばあちゃんと一緒に面倒を見てもらってきたという。

学校は在日朝鮮人の民族学校で、中学生の時に密入国がわかり強制収容所に入れられたという。

そこで反省文を何回も書かされたにも関わらず結局強制送還という方針は変わらなかったが、向こうでは身内もなく、知らないところに放り出される前に連れ戻そうと、おじさんやおばさんが奔走して国会に行ったそうだ。

自民党の議員の秘書に渡した大金は、そのまま持って逃げられたが、結局社会党の神近市子[1]さんが掛け合ってくれて、一年更新の在留許可をもらうことが出来て現在に至ったという。

以来、彼女はその家の養女として家族の一員となった。男二人、女三人、そして夫婦二人、親を亡くした女子学生二人、おばあちゃんも入れての大家族の食事の支度、そして店の手伝い等バタバタと一日を過ごしている。

おばあちゃんは済州島出身で、両班[2]だったお爺ちゃんと結婚して大阪で大きな工場を経営していたそうだ。

戦後工場を畳み、韓国に子供と戻り暮らしたが、二人の子供は韓国語が出来ず日本に戻ったという。娘は現在のおばさんで、兄さんがヨンジャさんの父親だ。結婚して生まれてすぐに朝鮮戦争が起き、すぐ下の妹は薬もないまま死んでしまったそうだ。

父親は以来行方知れずで、朝鮮戦争で混乱する中、おばあちゃんがまだ若い母親を離婚させ国元ソウルに帰した後は、おばあちゃんが彼女の面倒を見てきたそうだ。

そして、船底に潜っての日本行きということになった。遠足を控え、楽しみにしていたそうだが、

（1）**神近市子**　一八八八年〜一九八一年。長崎県出身の社会運動家。日本社会党の衆議院議員を五期務める。大杉栄との日陰茶屋事件は有名。
（2）**両班（りゃんぱん）**　李王朝朝鮮時代の官僚・支配機構を担った身分の高い知識人階級。

それがかなわなかったのが悲しかったという。なにも知らされず、船に乗せられたという。当時の韓国では、小学時代には李承晩(3)の政策の下、いつも体育館で残酷な日本軍兵の映画ばかり見せられていたので、怖い国日本に来たことでいつもおびえていたそうだ。

在留許可は一年のままなので、毎年入管(4)に行かなくてはならず、身分の不安定さが嫌だとも言っていた。

入管の実態とヨンジャの養父

色々話を聞きながら、しだいに二人の呼び方は、僕は彼女をヨンジャ（英子）さん、彼女は僕をアン君と呼ぶことになった。

彼女をヨンジャと呼ぶのは、それが使い慣れた本名だからであり、それをわざわざ日本式に呼ぶのもおかしいと思ったからだ。

僕の学生時代、在日朝鮮人で朝鮮の本名を名乗って登校していた男子生徒がいた。当時は通名の日本名を名乗る人がほとんどだったので、勇気ある行動だったと思う。

社会に出ると、在日朝鮮人・韓国人とわかると仕事の上で差別されることが多く、仕事もパチンコや雑品回収など限られた仕事に限定される厳しい差別社会だった。

在日の朝鮮・韓国人社会は、本国より古式なしきたりを大事にしている。それは自らのアイデンティティを、在日であるが故本国以上に大切にしてきた結果だろう。

何代も前の先祖の法事を毎年行う。法事が多く、夏には四、五回も法事があったりする。

僕は法事で出された牛肉の串刺し（チョッカル）や豚肉をもらって山谷に運んだ。山谷の事務所やアジトで振る舞うのだ。八木[5]ちゃんやキタさん等に日ごろ食べ慣れない肉類、しかも朝鮮式の法事料理は皆に好評だった。

ヨンジャさんとは、車で代々木へ行ったり、居酒屋へ行ったり、散歩へ出たり話す機会が多かったのだが、話がかみ合わないことも多かった。

東京の空は星を見る機会が少ない。たまたま一個輝いている星を見つけて、綺麗だね、と言うと不思議そうに問いかけられた。

星は沢山あるから綺麗なので、なんで一個しかない星を綺麗というの、という問いかけには何も答えられなかった。

ある時、日本の神社仏閣についての質問があった。古くて装飾が剥がれボロボロの建物をありがたがるのが分からないというのだ。真赤に塗って威厳を保つのが建物の役割だという。韓国ではそうだというが、日本古来のワビやサビをこんな時、強調してもあまり説得力があるとは思えなかった。育った民族的な視点の違いを感じたものだ。

アメ横は、多くの人が通り過ぎる。僕は、もう会うことのない人々の流れにぽつんと佇む空間に座っていた。それと同じような空間がもう一つあった。屋台だ。

（3）**李承晩**（イ・スマン）　一八七五～一九六五年。韓国の初代大統領。韓国統治・支配の不当性を主張した。

（4）**入管**　日本に住むことの権限・支配の管理行う入国管理局の略称。難民問題などを扱う外国人関連の行政事務を行う法務省の外局。

（5）**八木健彦**　赤軍派副議長。一九七四年赤軍プロレタリア革命派に参加。下獄して当時山谷で活動していた。

僕の借りているアパートは山手線の大塚駅の傍だが、その駅の近くで店を構えていた屋台のおでん屋が僕の帰り際に寄る馴染の店だった。そこも毎回客が入れ替わり、同じ顔はめったに会わない。その代わり、それぞれの人生の一端が会話で楽しめる。

ある時、北海道の高校の先生と一緒になった。チュチェ思想を研究しているという。君もやってみないかという。僕はそれよりも、北海道から来たということに関心があり、北海道の話ばかりをしていた。しかし集まりに誘われたが、行くことはなかった。

またある時、韓国人の夫人と一緒になったことがある。韓国料理や韓国の事柄で盛り上がったが、なにかの拍子で僕が「朝鮮人」という言葉を使ったその一言で、彼女の表情が一変してしまった。

「私は韓国人で朝鮮人じゃない！」いきなり怒鳴りだし手に負えないほど怒り出した。

韓国人にとって朝鮮人は憎むべき敵なのか。確かに朝鮮戦争でお互い戦い、そんな戦争で身内を亡くした人にとって、朝鮮人と呼ばれることがどれほど血肉を削がれるほどの痛さなのかを、その時の彼女の取り乱す姿を見て感じた。

以来僕は、自分で話すよりも客の話を聞くことで楽しい時間を過ごすことにした。

屋台のおじさんは池袋で仕込んで、大塚まで屋台を運んでくる。他に客がいない時は、そのおじさんの経た人生の話を聞いたり、そこで時間を過ごした客の話を聞いたりで、おでんと格闘しながら楽しい時間を過ごしたものだ。

ヨンジャさんには請われて、入管に一年の在留許可書更新のために一緒に行った。難しい日本語で言われても分からないことがあるので、僕にサポートしてほしいというのだ。

最初は品川の入管事務所に行った。殺伐とした事務所だった。やがて池袋のサンシャインに事務所が移り、僕も彼女と一緒に出掛けた。

その日は気温も高く暑い日で、入管の事務所は外国人で溢れていた。冷房も効いていないのか、うだるような暑さの中で全員汗を拭き拭き名前を呼ばれるのを待っていた。

すると、その暑さに耐えきれず一人の外国人が、冷房はないのか、この暑さでは死んでしまう、と大きな声で抗議を始めた。皆が同調する。僕も声を上げようとすると、いきなりカウンターの中にいた小柄で年配の職員が大声で怒鳴りだした。

「バカヤロー、皆暑いんだ、お前だけ暑いんじゃない、黙れ！」

怒鳴り声があまりにもかん高かったので、そこにいた外国人は驚いて口を閉ざした。

頭にきていた僕は人込みをかき分け、声を張り上げる職員の前に出て、僕も声を張り上げて抗議した。すると、その職員は僕を見て、日本人ですかと聞いてきた。

ああ、日本人だ、と応えると、その職員は急に改まって、すいません今何とかします、と態度を急変させた。

外国人と日本人に対する対応の急変に僕も驚いたが、入管の職員の外国人に対する意識がそのレベルであることを知ったことはショックだった。

色々な人がいて、ここでは事務処理が仕事だが、それをする法務省、法務局の事務員の意識が差別に満ちていたことは、国の行政官の意識にも連なっているのだろうという感触だった。

ところで、アメ横では、多くの人と出会い色々な経験もした。

台湾から早稲田大学に留学し、商売をしていた王君との出会いも懐かしい思い出だ。

彼は、向かいの商店と馴染みがあって良く出入りをしていた。その縁で話をするようになって仲良くなった。

実は、彼が僕に親しくなり僕を恩人とまで慕ってくれたが、その恩のことに関して残念ながら覚えていないのだ。僕にとって他愛ない自然のことだったのだろう。それを王君は恩人に当たる行為として受け止めてくれていた。

華僑の彼は、色々な商売を独自開発して展開していた。有名なジャーメーカーと契約して、その商品を独占的に空港で台湾観光客に売り込み、利益を上げるその方法は僕も頭を下げるほどの商才力とエネルギーに満ちていた。

彼は台湾で憲兵隊に所属していたという。

当時、徴兵制が施行されていて、彼は蒋介石の護衛をしていたという。

しなやかな容姿には似合わない上に、優しい言葉で照れながら、色々な人の中には武器を持ったおかしい奴が来るから、やっぱり怖かったよと言っていたのが彼らしかった。

彼との関係は、後で居酒屋の開店にまで続くものだった。ほかのことでも色々な関係が続いた。

アメ横ガード下の店に、店を手伝いながら卒業を控えた大学生が二人いた。彼らには卒論の代筆を頼まれた。

実は、学生ＹＭＣＡに通ってきていた他大学の女子学生の卒論も頼まれて僕が代筆したことがある。働いていた店の仕事を依頼した女子大生で文学部だった。

僕は卒論のテーマとした外国人作家の一冊の本を、徹底して読み込んだ。すると作家が主題とする言葉が、本の中で対象となる物の逆スペルで表示されていることと、それが本文で進行する事柄の展開に関わることがわかり、本の書評家も気が付かなかったことで興奮して書いた記憶がある。

細かいことまでは覚えていないが、その結果卒論が評価され大学院への進学を進められたと、その女子大生が語ってくれた。やって良かった代筆だった。

アメ横の二人の大学生の卒論は、戦後韓国の発展に関してのものだった。戦後韓国は、李承晩の経済政策の失敗で未曽有の不景気にさいなまれていた。

朴政権になり、外国資本が入り込むことにより、それまでの土豪に資本が渡り、また日韓条約以降日本の資本で大きな転換を迎える。地下鉄汚職と喧騒される事態も多く発生した。

その結果、一九六〇年代後半までは北朝鮮が優位だった経済的な差も七〇年に入り大きく成長して逆転したプロセスを書いて二人に渡した。

一人一万円の代筆代だった。その中の一人には、期末試験を代理で受けて、これも一万円で引き受けた。

仕事の方も顧客が出来、順調だった。

外ではキタさんたちとの打ち合わせで忙しかった。

七七年の成田選挙も終え、札幌への総括文を送り、残った人たちと勉強会を進めている時、アイヌの女性を差別する漫画と居直り文書が発表されたことを受けて糾弾闘争が始まった。

その時、僕との付き合いで誤解されたヨンジャさんが家を追い出される事件が起こった。元々、日本人との付き合いは朝鮮人にとってタブーとされた時代だった。

次の日、僕は彼女の養父でおじさんになる人から、自分の勤める店に向かい合う店の二階に呼び出された。店の二階は事務所だった。

上がるなり、いきなりパンチをあび、蹴られもした。社長は学生時代ボクシングをやっていたのは聞いて知っていたが、確かに強烈だった。僕は何の弁解もせず、歯を食いしばって耐えていた。やがて、言いたいことも言い終わったのか解放された。

吐き気もあり、僕はそのまま自宅に帰った。タクシーを使ったのか、どのように帰ったのかよく覚えていなかった。

耳も、洞窟の奥からかすかに声が聞こえる風で、鼓膜が破れたのだと気付いた。

心配して部屋に来たアパートの管理人に状態を話すと、管理人は慌てて救急車を呼んで病院に運ばれた。そこで鼓膜が破れ打撲していることということが改めて分かった。

そこに警察官が私服を含め数人診察室に入ってきて事情を聴かれた。僕は身内での、たまたま起きたことだと説明し、事件にならないことを強調した。しばらく押し問答があったが、やがて警察は帰っていった。

首に痛みが走ってむち打ちということで首サポーターをすることになり、腰痛もあってしばらく外に出ることが出来なかった。

そのような状態だったので、アイヌ差別への抗議活動には参加できないでいた。

その後、できたというアイヌ解放研究会に参加したが、そこにはそれまでの友人たちはいなくメンバーは新しい人たちだった。何よりも驚いたキタさんが主役ではなかったことだった。

僕は、家を追い出されたヨンジャさんと暮らすのに、それまでのアパートは狭いので北大塚に間取りのあるアパートを借り、暮らしていくため仕事探しを始めていた。

仕事は旅行関係に決まり、新橋の会社に通うことになった。愛知県の旅館が東京に出した会社で、旅館への客の誘致が目的だった。

大手旅行代理店のＪＴＢや近畿日本ツーリスなどが相手で、自分たちで作ったコース表とパンフレット、コース表に関わるパンフレットも一緒に入った重い鞄を持った営業が主で、注文の企画と客がつくと添乗も兼ね、見地では旅館の手伝いもした。

現地仕事も多く、東京に残したヨンジャさんには必ず電話を入れた。

旅館は風光明媚な愛知の蒲郡《がまごおり》で三河湾に面した西浦温泉にあり、そこのチーフが作るきしめんは絶妙な味わいだった。また、夜街中に出て取り立てのシャコを満喫したりした。

旅行代理店には、いくつものコース表を一冊にまとめ、コースで寄る場所と特色、そこまでの時間をすべて書き添えて旅行代理店の担当者に手渡していた。

客を持つ担当が、そのコース表を見て直ぐ予定表が出来るからだ。それは好評だった。

韓国ではカツオは食べないというので、揚がったカツオを二束三文で仕入れ、カツオ祭りと題してカツオ三昧の食事と、帰りの客にカツオを持たせたり、伊良湖の農家と契約してメロン狩りのコースも作った。好評だった。

どこででも、僕は仕事を楽しむことが出来るが、それは自分の取り柄だと考えている。

そこでの仕事は二年程続いたが、そこを辞して、次に僕が探したのは営業会社だった。営業だと、頑張って結果を出せば生活が潤うからだ。

在日として生きることの困難さ

一九八〇（昭和五五年）、僕は住居を埼玉県川口市に移していた。

ヨンジャが川口にあるおじさんの店で働いていたことと、おばあちゃん（ハルモニ）が上野の家を出で僕らの家に転がり込んできたからだ。（これからはヨンジャ、ハルモニという言い方になった。自然なことだと思っている）

ハルモニが上野の家を出たのは、おじさんが僕を殴ったことに対し、他人の子供を殴ったということに対する怒りがその理由だった。

ハルモニは学校を出ていない海女だったが、両班だったハラボジ（祖父）と結婚して日本で二人の子供を産んだ。長男はヨンジャさんの父で、長女は上野のおばさんだ。

ハラボジとの大阪での工場は成功し、従業員も多くいた。経営していたなかで、ハルモニは戦前・戦中警察に追われていた日本の学生を家にかくまったという、正義感の強い人だった。

そんなハルモニは、日本人であれ殴られた僕に同情し、その行為に怒って来たのだ。

ハルモニの話で、戦前に仕事で日本に来たことを聞いたことがある。朝鮮では食えないので、集団で日本に連れてこられたという。

ハルモニは青森の方に送られて仕事をしたが、友人は脱走したという。また仲の良い友達は南方に送られたが、以来連絡も取れないでいるとのことだった。

日韓併合(6)で、日本は韓国のインフラを含め経済発展に寄与したという。確かに日本の技術で発展したが、実際はその果実はほとんど日本に送られ、韓国・朝鮮の人々は食うや食わずの生活で、ハルモニも生活・仕事の伝手を求めて日本に来たのだ。

戦中、戦後を生きてきた在日朝鮮人にとっては、特に戦後は大変だったようで、国が二つに分裂したことで戦後出来た朝連も民団と総連に分かれ、家族同士でいがみ合うという試練もあった。

また朝鮮戦争という同じ民族同士の戦いを経て在日の権利と地位向上に向けて汗を流して来た。また、在日の人々のアイデンティティを育むための民族教育、民族学校の建設も自分たちで作り上げ自国語を守ってきた。

上野の義理の父が中心になって担ってきた世代だ。

その過程で受けた日本人と日本政府に対しては、いまだに非妥協的な感情を持っていた。

そうした事情で当時、日本人と一緒になるのは大変なことだった。

ヨンジャの父は戦後両親と釜山に渡ったって結婚し二人の子供をもうけたが、韓国語が話せなかったことと、朝鮮戦争が始まったので日本に戻ったのだが、以来行方不明になってしまった。

残されたヨンジャも、朝鮮戦争で薬もないなかで妹が亡くなり、先のことを心配したハルモニが母親を離婚させ国元に帰してからは、ハルモニに育てられていた。そして小学生の時、ハルモニに連れられ船の底に入れられて日本に来たという。

日本では上野で結婚していた父の妹のところで世話になった。ヨンジャにとっておばさんになるのだが、彼女も日本人に対してはつらい思い出が多い。

戦後、戦災にあった工場や資産をまとめて家族で釜山に引き上げたが、日本に育ち韓国語も分からないことと朝鮮戦争のためおばさんは日本に戻ることにしたという。

日本に戻る船の中で、日本人の憲兵のような人が日本刀を手に、乗船者調べを始め、朝鮮人と分かると日本刀で切り殺していたという。おばさんも殺されるとおびえていたが、たまたまハルモニが持たしてくれた荷物の中に日本の反物があり、それで命拾いをしたという。

（6）**日韓併合**　一九一〇年～一九四五年まで三五年間にわたって日本が韓国を「領有―支配」した。

朝鮮戦争の頃の話だろうか。

日の前で、朝鮮人が殺される惨劇は、彼女の日本人に対して決定的な影響を与えたようで、戦後同胞支援に関わった世代に共通する意識だった。

だから、日本人と結婚することなど考えられないことだった。今は国際化時代だが、当時は日本人との国際結婚はとんでもないことだったのだ。

ハルモニが家に転がり込んで来て、少しでもお金を稼ぎヨンジャとハルモニに旨いものを食べさせたいというのが、僕が転職をしたその時の理由だった。

幸い受かったのは、リゾート地の会員制ホテルの営業だった。高所得者層へのアンケート葉書の返信葉書を元に僕らが営業を掛けるのだ。ただ、足を運んでの営業は、自分でも下手だと思った。

そんな時、王君から連絡があった。日中国交正常化で台湾が切り捨てられる。自分は父親が心配で、父親の経営する台北の工場に行くことにしたというのだ。

それで今やっている居酒屋を引き受けてくれないかというのだ。それは蕨市の駅から歩いて一〇分ほどにあるマンションの一階で、台湾の女の子で営業していたという。住所は川口市で産業道路の近くだった。

カウンターと狭い座敷の店だった。

王君がいうには、借りた時気がつかなかったが、貸主がまた貸しなので契約では大家と直接交渉してほしいという。

包丁も持ったことのない自分だが、了承して大家と交渉し、また貸しを排除した。また貸し人が家賃を取りに来たが、事情が分かって苦い顔をして帰ったのは面白かった。

毎日営業の仕事を終えてから、本屋で立ち読みし、包丁の研ぎ方と突き出しの作り方を覚えて買い物をして、準備して開店した。

昼間働いるので時間的には大変だったが、やらねばならないという思いだけで始めた。

飲み屋には、その店の主人に合わせた客が来るという。本当に自分に合う大人しい客がついてくれた。

おなかに子供が出来たヨンジャも仕事を終えて手伝ってくれた。馴れない仕事だったので、失敗も多かった。

ある時、イカ刺しを作っている最中誤って指を切ってしまい、血だらけになった刺身を水洗いして出したこともあった。

顧客の大半は近所の住民たちだった。

ささやかな結婚式

この頃、妊娠したヨンジャに何かしてあげたいと思っていた。

けじめを考えていた僕は、生まれてくる子供にささやかであれ結婚式をやることにした。二人の結婚写真を残してあげようと思ったのだ。

両親は来ない。連絡もしなかった。二人だけの結婚式だ。

一九八〇年五月のことだった。川口市内の式場を予約し、ヨンジャは友人を僕は学生ＹＭＣＡ時代の後輩を呼んだ。

式次第は僕がやり、乾杯も結婚宣言も自分でやった。

ヨンジャはチマチョゴリで式に臨み、僕の後輩たちは予定を超えた人数が来てくれた。宴会は中華だった。中華だと人数が増えても取り皿が増えるだけだ。結果、人数が増えた分予定以上の金額が集まり、黒字になった。

儲けるのなら、何回かやるのもいいね、というのがその時の感想だった。

やがて八月に子供が生まれた。女の子だった。

一つは名前の付け方、もう一つは届けの出し方が問題だった。

名前の命名には、朝鮮人は命名の仕方にこだわる。後で笑われないよう字数も含め説明できるように考えた。一週間かかって名前が決り、市役所に足を運ぶ。

まず、出生届を先に出す。その後に婚姻届けを出した。窓口の係員が困惑している。これでよいのですかと聞いてくる。僕はこれでよいと応えた。

子供は朝鮮籍になった。出生届で子供がヨンジャの子供となる。その後の婚姻届けは婚姻関係の証明だ。

国籍が手続きで決まる。

後で戸籍を取って分かったのは、日本の国籍法上ヨンジャと娘は欄外になっていた。外国人だからだ。後で生まれた双子が、長女、次女になっていた。

これで体制としての日本の偏狭さがわかる。

当時、朝鮮人に対して指紋押捺など強制的登録制を日本政府はとっていた。拒否すると強制送還が当たり前で、日本人と結婚して指紋押捺を拒否し、強制送還で親子が離れ離れにされることが相次いだ。

僕は母親と子供を一緒にしてあげたかったので子供を朝鮮籍にしたのだ。

ところで子供の写真は、どう見てもお猿さんだった。

それでも親バカなのか、その写真をもって営業に回っていた。ことあるごとにその写真を出していたのだ。

ある時、返信ハガキをもって世田谷のお宅を訪ねたことがあった。

その時は、話の成り行きで僕は娘の写真を出してから、営業に入った。

中庭が綺麗に手入れされ、通された居間も整っていた。夫人とは自分の子供の話から始まった。

そこでは営業の話は微塵もなかった。僕は、子供を育てる苦労話に聞き入っていた。

ご主人は子供が小さい時に亡くなったこと、おねえちゃんは高校時代バンドを作りドラムをやっていたこと、今はアメリカに留学しており息子は駆け出しの俳優だという。明るく綺麗なご婦人だった。

話ははずみ、午後の一日をその家で過ごした。ご婦人は話し相手が出来たからか、話が好きなのか話続けた。話をしていて分かったのは、ご主人は佐田啓二(7)で息子は中井貴一だった。

ご主人が突然亡くなったことは精神的にもショックだったが、何よりも子供を女手一つで育てる苦労もあったが、今はその成長が楽しみだと語った。

そのご婦人には、長居をしたことを謝り家を後にしたが、ご婦人はまた来てねと言ってくれた。

（7）佐田啓二　一九二六年～一九六四年。一九四〇年代から一九六〇年代に活躍した俳優。映画「君の名は」の春樹役は有名である。交通事故で三七歳で死去。長女の中井貴恵は女優でエッセイスト。

ただ、残念ながら再訪することはなかった。

娘が一歳になったころ、ヨンジャの父の妹で養母の奥さんと会うことになった。喫茶店でコーヒーを飲みながら世間話をしていた。緊張感はなく、子供が養母とじゃれ合っていた。話は自然に養父であるヨンジャのおじさんのところで働かないかという話になった。人がいないという。協力できるならやりますよという話になった。

言葉には出さないが、和解が出来たのだ。子供が仲裁したのか、身内のこだわりが事を進めたのか。そこでは身内になった日本人は、あまり関係なかったのかもしれない。

それでも僕としては、日本人として笑われないようにしなければという使命感はあった。

そして、新しい仕事が始まった。

そこは代々木駅の側にあるアレンジボール店だった。以前僕も入ったことのある喫茶店が改装された店だった。

喫茶店を閉めて、卓上ゲームの店にした後、パチンコに似た現在のアレンジボールにしたのだ。アレンジボールは若者に人気がある。代々木ゼミナールがすぐそばにあり、確かに若者が入り浸っていた。店名は「スターホール」だった。

その店はおじさんの親戚が見ていたが、実家のある名古屋に帰るという。それまでに色々覚えなければならない。教えてくれる彼ももちろん在日だ。

朝から夜中までの仕事環境にびっくりした。

朝店を開け閉店後集金、釘調整をしたうえで最終の電車に飛び乗って川口に帰る。

休憩は店の奥にある事務所で休んだ。覚えなければならないのは釘調整の仕方だ。集金そしてアルバイトの教育、営業すべてをやらなければならない。

建物も古いので色々な問題も起きる。ネズミも良く出る。ただ、僕が気に入ったのは一階にあった立ち食いの中華屋だった。

知的障碍《しょうがい》者がラーメンを作り出前もしていた。そして、おいしかった。一カ月食べ続けて、全身中華ラーメン臭になったこともある。

アルバイトは予備校生が多く、また大学生もいた。アレンジボールが好きな大学生で、通ってくるうちに僕から声をかけてアルバイトに採用した。

早大の政経学部の学生だった。

僕は店の宣伝も兼ね、簡単なチラシ「スターホール情報」を作り早稲田の学生にはアレンジボールの攻略法を連載で書いてもらい、その情報紙は店内と入り口に置いた。

当時、集金と計算、その後にくぎ打ちで、毎日最も込み合う代々木駅から終電に飛び乗る。池袋から赤羽まで行き、赤羽から京浜東北線に乗って川口にたどり着く。

アレンジボールは一年ほどでパチンコ店に切り替わった。

アレンジボールでは様々な予備校生が来ていて、四月には大学に受かった学生が挨拶にも来た。九大の医学部に受かった若者は本当にアレンジボールが好きで、どこで勉強していたのかと不思議な気持ちになったこともある。

パチンコでは、アレンジボールとは釘打ちも違うので釘師を雇い、彼の連れてきた数人が彼を支え、一人は主任にした。

僕は責任者のままで、パチンコ釘を覚えるために名の知れた川崎の釘師のところに社長の車に乗せてもらい暫く通った。

馴れた頃、代々木の店の釘師と仕事を分けて僕も釘を打った。その釘師も一年ほどで店を辞め、次に在日の台湾人の林さんが釘を打った。

台湾人の彼はチキンラーメン開祖の安藤百福《ももふく》と一緒にインスタントラーメンの開発に関わっていたそうだが、安藤百福に対してはあまり良い記憶がないようだった。

その彼も癌にかかり、発見からわずかなうちに亡くなってしまった。その後、僕一人での戦いが始まる。

そんなある日、紹介があって菊池という人が店に来た。禁固一〇年の刑で獄中に入っていて、出てきたばかりだという。入った当時との時代感覚の落差もあり右も左も分からないので、面倒を見てくれとのことだった。

住むのは、この古い建物の上階にある小部屋で、彼の仕事はホール回りとした。小部屋をと言ってもガタガタの部屋で、建物の古さを実感する空間だった。

このビルは東京オリンピック開催にあたって、代々木駅に戦後出来た闇市のたまり場だった店をまとめて建てたもので、そこに店を入れ込み、その後違法に階を無理に増築したりして建築法上問題も多く、東京都消防庁のブラックリストに載る建物だった。

ただ、このビルの屋上は一九七四（昭和四九年）から一九七五年にかけてテレビで放映された「傷だらけの天使」の舞台として使われていた。僕も当時、萩原健一と水谷豊との掛け合いが面白く楽しく見ていたものだ。

そのボロボロの屋上も、この時には格闘技の練習場になっていた。もちろん不法設置なのだ。

このいわくつきのビルの地下一階のパチンコ店で菊池君は働くことになったが、まず店の状況把握と身体の感覚の回復、その上ホール回りの習得、ランプを見てその場所に行きトラブルならば対処方法、客との応対等を一から教えるのだが、一〇年間独房で禁固生活を送ったせいか会話がスムーズではなく、また大きな声を出せないでいた。

マイクを使うことも多いのだが、マイクで何を話しているのか皆目分からない。そんな状況がしばらく続いたが、僕も菊池君も辛抱強く「正常」になるまで頑張って待った。

彼が獄中に入ったのは、爆弾闘争に関わったということだったが、その仲間の集まりには参加したことはあるが、爆弾事件もかかわりも一切ないまま「爆発物取締罰則」の対象者として逮捕され禁固で一〇年間入れられたという。

彼としては冤罪だったが、無罪の証拠も証言も得られないままの入獄だったそうだ。だから出て来てからも暫くは人間不信のまま暮らしていた。

それでもうちの店に来て、慣れないながらもパチンコという仕事に熱中している時が、一番安心できる時だったかもしれない。


「ハルモニ、歌ってあげるね」

ヨンジャと一緒になったものの、僕たちの生活はそれこそ必死だった。

北大塚から川口に引越し、そこにハルモニが転がり込んで来て子供が生まれ、僕は営業の世界で四苦八苦していた。

僕が朝定時に営業会社に行くときには、ハルモニが子供を乳母車に乗せて途中まで送ってくれた。子供は女の子で、僕の名前の清史の字画に合わせて名前をつけた。

僕は休みの時はいつも、歩き始めた長女を連れて直ぐ隣にある川口神社の境内で遊ばせていた。境内入り口にあるブランコや滑り台が遊び場だった。

子供の保育はヨンジャも初めての経験で、消毒が第一という観点から食べ皿はすべて煮沸《しゃふつ》の徹底で、その都度お湯は沸かしたままだった。

寝るのはいつも子供と母親で、隣の四畳半には僕とハルモニが隣同士で寝ていた。

やがてまた妊娠し、その時は異常にお腹が大きくなり、ヨンジャが横になり起きようにもお腹が重く一人では起き上がれないほどの状態だった。

臨月が近くなり、レントゲン検査をしたとき、ヨンジャの報告では画像では手足が四本の子供の画像が見えたが、医者が慌ててその画像を隠したという。

奇形児なのかと思ったが、生まれてくる子供に罪はないのでそのまま生むことを勧めた。

出産前日の夜、お腹に聴診器を当てていた看護婦が、心音が二つ聞こえるという。

より複雑な奇形児なのかと思い、どう育てていくのか思案しながら次の日を迎えた。その時、僕は川口のパチンコの会社の事務所で待機していた。

電話が鳴った。「おめでとうございます。女の子です」という。「お元気ですが」と言いながら言葉が途切れた。僕はドキッとした。すると続けて、「もう一人お腹にいます、双子です」というの

長女

だ。
双子という言葉に、もう一度びっくりした。僕はそのまま家に走り、ハルモニと病院に向かった。
ハルモニは道中、内の家系には双子はいないと、しきりにつぶやいている。僕の家系にも双子は聞いたことがない。

病院に着くと、次の子の出産が長引いていた。生まれた子は廊下に置かれた保育器の中で不満そうな顔をしていた。周りに誰もおらず、ドアの向こうからはヨンジャの苦しそうな声が聞こえる。最初に生まれてから一時間以上かけて次の子が生まれた。女の子だった。難産と言ってよかった。その子を吸盤機で吸い上げた結果、額に吸盤の跡がついていた。
その間、僕は保育器にいた子供の不満そうな顔を見つつ、悲鳴にも近い声を聴きながらなすべもなく椅子に座っていた。

双子の姉妹

ハルモニは手術室からは離れた控室で僕たちを待っていた。
名前はまた僕がつけた。先に生まれた児は僕の名前の清史から史の字をとって名前をつけた。後の児は史と同字数の由として名前にした。
後字の江は揚子江のような大河のイメージがあり、肥沃地を育て、その水は広大な太平洋に注ぐような幅広い大きな人になってもらいたかったからだ。

史は書き物や歴史に名を残してもらいたいという願いがあり、由は物事の理につなげたかった。二人とも民族学校に入れるつもりだったので、差別に負けない強い子に育ってほしかったからだ。

双子が生まれたのは一九八二（昭和五七年）一二月一〇日だったが、年が明けて長女が保育所に行くと風邪が流行っていて、案の定三人とも風邪をうつされ、そのまま双子の上の子が感染して熱を出してしまった。生後一カ月の時だった。

そのまま市民病院に入院となり、僕は三日三晩看病することとなった。おしっこの量を量り、うんちを処理する。初めての経験だった。

可哀そうだったのは、生まれて一カ月の幼児に点滴を刺す適当な血管が見つからず最後は親指からの点滴で、その痛さに泣く幼いわが児だった。

子育てとは、こういうことの積み重ねだということを教えられた。まだ、親という実感のないまま過ごしていたので、自分もこのようにして育てられたのだという、親に対しての感謝の気持ちも生まれたのも、そんな経験からだった。

長女の養育が始まり、双子が生まれる直前にヨンジャが駅前に現在建設中のマンションを買ったという。

僕はびっくりした。これからのことを考えたからだという。

朝鮮人は金銀を身に着けて、派手だという偏見がある。

実は、朝鮮史を紐解くといつも戦いの中に朝鮮の庶民がいたことがわかる。彼らは何時どんなときにも現金に替えられるものを身につけておく習性が身についている。

どんな時にも、そのようにして身を守り生活を続ける知恵がそこにある。

ヨンジャの話は、資産として残すためにマンションは必要だ、生活する場所の確保と子供たちに残す資産として買い入れたい、そのために私も頑張るから一緒に頑張ろうというものだった。

僕は了承した。いずれにせよ頑張らなくてはならない。

マンションの建築現場には、長女を連れてよく見に行った。鉄骨鉄筋の部屋住まいを見ていると、やがて住むことへの熱い思いがその都度沸き上がっていた。

世間では、収入が安定し貯蓄がたまってから住居購入を考えるのが普通なので、三〇歳初めの自分には不自然に見えるかもしれないが、ヨンジャの一緒に頑張ろうという言葉に僕は後押しされていた。

双子が生まれて間もなく、ヨンジャは働きに出た。家計を助けるためと、仕事を通じて日本語の勉強をしたいということだった。

幸い幼児保育をするところがあり、僕たちは毎朝ヨンジャが双子を預けに行き、僕は自転車で長女を保育所に預けて会社に向かった。

長女は歌が好きで、自転車に乗りながらいつも大きな声で歌っていた。当時流行っていた、わらべの「夢で逢いましょう」も得意な歌だった。

そんな長女に、ハルモニは色々話しかけ日本語も教えていたが、ある日僕がその会話を聞いていると、「雨がこんこん降ってきたね」と教えている。

「ハルモニ違うよ」と僕は言ったものの、ハルモニは覚えてきた日本語をだんだんと忘れていき、朝鮮語でしか話が出来なくなっていた。

在日の高齢化した老人には、残された母国語で話が出来る相手が欲しかっただろうと、今でもそう思っている。在日の老人が集えるホームが必要に思えた。

八〇歳も半ばを過ぎ、ハルモニも寝込むようになり、入院することになった。医者からは、明日明後日の寿命という宣告があった。

僕たちは子供を連れ病室に向かった。そこには身内がそろっていた。ハルモニが眠ったまま目を覚まさないという。

すると長女がハルモニの側に行き、「ハルモニ」と声をかけた。すると、それまで眠っていたハルモニが突然目を開けた。

「ハルモニ、歌ってあげるね」と長女。そして、わらべの「もしも明日が…」を歌い始めた。

「もし明日が雨ならば　愛する人よ　そばにいて　今日の日よ　さようなら　夢で逢いましょう

そして　心の窓辺に　灯ともしましょう……」

歌っている間、ハルモニは手をのばして長女を抱き、長女の名前を声を絞り出して呼び続けていた。

「ハルモニ痛いよ」と長女は言ったが、あの弱り切った体で、それほど強く抱いたハルモニは意識を取り戻していた。

だが、あのような場所で一生懸命に歌っていた歌が、僕にとって胸の奥からこみあげてくる涙を誘うとは思ってもいなかった。

僕たちが帰るころには、ハルモニは目をつぶり眠りに入っていた。

時間は静かに過ぎた。

ハルモニの葬儀は朝鮮人の僧侶が立ち合い、朝鮮語で執り行われた。僕も麻で出来た朝鮮の喪服と帽子をかぶり葬儀に参加した。

やがて双子も育ち、長女と同じ保育所に通うようになった。

三人を送るのは僕の役目、迎えはヨンジャの担当だった。

盆踊りの日だったと思う、僕は代々木の店から川口の子供たちの盆踊りに参加した。

日頃子供の面倒を見られなかったので、子供たちも喜んでくれた。

盆踊りも終わり、子供たちを家まで送って代々木に戻ろうとすると長女が「また来てね」と言う。

僕は朝出ていく人と考えていたのだろう。実際、朝早く出て夜中帰る時は皆寝ている。

ある時、夜中帰るとたまたま長女が起きて僕を見るなり「帰れ！」と泣き出した。そんな変な日常を、僕はずっと続けていた。

だが正月になると、除夜の鐘を聞いた後、それまで起きていた三人を着替えさせ、川口神社へ初詣に行くのが常だった。その時三人はチマチョゴリ、僕は和服で雪駄を履いて出かけた。

子供たちは初詣というより、チマチョゴリを着てバナナチョコやおいしい玄米パンを食べるのがうれしかったのかもしれない。

やがて、ヨンジャから朝鮮幼稚園の話を持ち掛けられた。

現在の市営の保育所は所得で入所料が決まる。二人で働いていて、それなりの給料だったので負担額が高かった。

朝鮮幼稚園は驚くほど安く、その上通園バスでの出迎えだ。

僕は直ぐＯＫを出した。

その後、戸田市にある朝鮮幼稚園を事業参観したが、そこでは朝鮮の子供向けの音楽が流れ、そのうえ裸保育で子供たちが戯れているのが印象的だった。

後でヨンジャから、保育所で長女がいじめにあっていたことを聞いた。夏の暑い日、遅くなって迎えに行くと、暑いからと水を飲んだ長女の髪を引っ張って怒鳴っていたのだという。

それがヨンジャが長女を朝鮮幼稚園に入れた動機だと話してくれた。

僕は僕で、保育所でお母さんと呼び、家ではオモニと呼ぶこの子のアイデンティティの自覚に関して、思い悩んでいた。

この機会に日本と朝鮮のことを知ってもらったうえで、それを乗り越えるインターナショナルな子供に育てたいと考えるようになった。言葉も二か国語だ。

だが、父兄参観では日本人は僕一人、周りはすべて朝鮮語で孤独を感じたが、朝鮮人も日本の中で同じような孤独を感じるのかもしれないと考えるようにした。

多国籍語、バイリンガルで考え話すことが出来れば、国や国籍を超えて交流できる。それが当たり前の世の中になれば、閉塞感も無くなるだろう。

ところで、僕の朝鮮語コンプレックスはハルモニにあった。一度ハルモニの前で自分の知っている朝鮮語で話したことがあったのだが、その時ハルモニは僕の朝鮮語を聞いて腹を抱え、手で膝を叩いて笑い転げた。

僕はショックだった。僕の朝鮮語は高校の時、あまり出回っていない希少の朝鮮語学習のよれよれの本の発音記号に従って覚えたものだ。周りに先生となるネイティブスピーカー・朝鮮人もいなく、一人で学習したので確かに発音には自信はなかった。

僕がショックだったのは、済州方言（サトゥリ）が強く出てハルモニに笑われたことだった。アメ横でも朝鮮半島出身者が多く、色々な方言が交差していて、キムチをどう聞いてもチムチとしか聞こえないような会話もあった。

ハルモニに笑われて以来、僕は自分の朝鮮語を封印していた。

しかし、僕の耳も悪くなっていたからか、ネイティブの朝鮮語は理解できないでいた。それも悲しかった。基本的な単語は分かっても、会話の微妙な節回しは理解できないでいた。

ところで子供を朝鮮幼稚園に入れるにあたって、名字が日本名ではおかしいので妻の名字を付けさせた。

妻は夫（フ・朝鮮語ではプ）が名字だ。中国や韓国・朝鮮では結婚しても女性は名字を変えない。したがって子供は朝鮮名の姓氏を夫で呼ぶことになった。

この夫家は韓国でも珍しく、済州島に多い。済州島ではハルナ山から三人のルーツが生まれ、それぞれ高、梁、夫だという。両班に多いという。

済州島は風、岩、女が強く、歴史的には中国からの島流し、李王朝時代からは政治犯などが島流しにあった島だという。

李王朝では犯罪人の刑の処罰に死罪はなく、刑の重さは距離で測り最高刑は遠投の刑、それが済州島だったという。しかも済州島は島で陸から離れている。

知識人階級の両班が島流しにあい、知識人だから働かず結局女が働いてきたのかもしれない。実際、ハルモニも海女さんもやっていたとのことで、連れ合い（ハラボジ）は両班出身だったという。

確かに知識もあり、字もうまかったという。

ところで、この夫家の夫を巡ってのトラブルは我が家でもあった。マンションを買った時、表札を「夫・安藤」と二人の名前で出していたのだが、後で夫が安藤で奥さんは誰という話になったらしい。説明しなければ分からない表札だった。

それも、後で分かったことだったが。その後、他のマンションでも「安藤・夫」にしても同じことだった。

パチンコ店と風俗営業法

代々木のパチンコ店では、色々なことがあったが、風営法改正が一九八四（昭和五九年）当時大きな社会問題となっていた。

マスコミでは行き過ぎたセックス産業が報道されていた。ことさら若者とセックスがテーマで事仔細をこれでもかと報道されていたのだが、これに対処するために風俗営業法を改正するというものだった。

ところがこの法案はセックスを売り言葉に風俗の範囲を拡げ、麻雀、パチンコ、飲食、キャバレー、青少年を含め、その対象を拡大して取り締まるものだった。

それまで、風営法と呼ばれるものはキャバレーや飲食、光の加減を規制する罰則法（風俗営業取締法）でしかなかったものが、いきなり「風俗世界」を拡げ、あたかも非生産世界全体を監視・規制対象にする、とんでもない法律となって現れたのだ。

それは警察庁の出した「八〇年代警察白書」で記されている予防主義そのもので、犯罪の起こる前の予防措置として「風俗世界」を取り締まるというものだ。

そこでは古来、遊びと呼ばれる賭博、セックス、飲食を含む世界を「風俗」で絡め、そこに青少年の補導も含めた、「風俗営業適正化法」という恐ろしい法律だった。

パチンコもそれに入っている。そこでは国土交通省の関係者の言葉として、朝鮮・韓国の外国人対策とカジノ法を通す対策が入り混じっていた。

こんな法律がまかり通ることが許せなく、僕は廃案に向け行動を起こした。

資料を集め風俗と呼ばれる本を読みあさった。審議は地方行政委員会で行われる。

僕は菊池君に協力を頼んだ。彼には国会図書館に行って審議が行われた議事録をすべてコピーさせた。文書は僕が書くから、資料はすべて集めてくれと言う指示だけ出した。支援要請の手紙を出し、チラシも作った。

ピースボートをやっている早稲田大学の雄弁会の人たちや、代々木で店の側にあった学校解放新聞を出していた保坂展人君（一九五五年生まれ。現世田谷区長）のグループも来てくれた。新大久保にある日本基督教婦人矯風会の高橋喜久江さん（一九三三年〜二〇二〇年）も協力してくれた。日本基督教婦人矯風会は、戦前・戦後を通して社会問題に取り組み婦人の地位向上に役割を果たした団体で、風営法改悪に対しても真剣に取り組んでくれた。

親父のことを話した時、高橋さんに「事情は分かるが、たとえ親の死に目に会えなくとも運動を離れてはいけないよ」と強く言われたのが印象的だった。

高橋さんは当時国会に呼ばれ証人質問にも立っていた。僕が行った時、茨城でパスポートを取り上げられて助けを求めていたフィリッピンの女性たちの救護活動を展開していた。

日弁連にも協力をお願いし、国会議員の佐藤三吾氏や志苫裕《しとまゆたか》氏とも連絡を取り合い、国会議員事務所では問題点を討議した。

週刊文春で風営法について書いていた野坂昭如氏とも連絡し、文化放送の控室で直に協力をお願いした。彼は、その時渡したチラシなどを元にして見事に反風営法の文書を書いてくれた。

朝日ジャーナルから取材があり誌面に載ったが、その時取材してくれた朝倉喬司氏とはそれから付き合いが始まった。

下町の河内音頭に呼ばれ、知り合いのチンドン屋と参加したり手伝ったりした。それから河内音頭には関心も高まり、自分でも川口に呼ぼうとしたが費用のことで断念した。

屋台の浪花節も良く、老人たちがむしろを敷いて櫓《やぐら》の前に陣取り、踊りも二重で激しい踊りと緩やかな踊りを舞う強弱の効いた展開も魅力だった。

テレビでは大橋巨泉の「11PM」（イレブン・ピーエム）の取材もあり、大橋巨泉の最後期の番組にも取材映像で放映され、当時の社会党の機関紙にも僕の投稿が載っていた。

ジョージ・オーウェルの『一九八四年』は、人々を管理し支配する世界を扱った本だが、風営法改悪は題名と同じ一九八四年のことだった。

風営法は八月二三日国会を通過したが、付帯決議の多い法律だった。

僕はそれでもあきらめず、問題の多い法律であることを広めるためにセミナーを開いた。

司会は菊池君だった。

当日、その会場の周りは私服警官だらけだった。次の日、所轄の原宿警察から僕に呼び出しがかかった。
二人の警官が僕の相手だった。一人は確か保安課長で、もう一人は副署長だった。机を挟んで話が始まった。その時のメモが残っている。
課長「昨日は何人程来たのか。内女性は何名か」
課長「講師の名前と講演時間、その内容は」
課長「天皇制について何か討論したろう」
副署長「おたくの社長は、たしか北鮮だったな」
すると課長が「あれ、俺、南鮮だと思っていた」と言う。
副署長「いや違う。北鮮だ」
副署長「天皇制粉砕という事が書かれていると本部（本庁？）から（連絡が）来ている。自分たちはまだそれを見ていないが、天皇制粉砕は憲法の否定である」
課長「風営法改正は、おたくたちパチンコには関係ない。……私も、まだ法案を見ていないので、少し勉強させてもらうか」
課長「なんで反対するのか。今度の改正で、売春は取り締まれるんだ」
課長「売春防止法を、もっともっとしなければならない」
「もっともっと、法律を厳しくしなければならない」
僕は、二人が一方的に話しかけるのを、ただ唖然として聞いていた。反論も弁解もない。
ただ、二人の認識のなさに驚いていた。天皇の話が出てきたことにも驚いた。風営法と天皇が何処で関係していたのか。南鮮、北鮮という言葉が飛び出したのはもっとびっくりした。

法案の内容も知らず、本部の指示だけで動いていることは、そんな彼らの言動で分かる。

しかし、彼らが知りたかったのは何だったのだろうか。彼らの技術・道具をもってすれば、僕を呼び出さなくてもよいはずだ。呼び出すことは脅しだったのだろう。

そのことに関して思い出すことがある。

その昔、大規模なデモの後の渋谷の宮下公園で総括集会があった。僕は仲間とはぐれて隊列・集会を探して近くの小さな渡り板橋の上に立って周りを見渡していた。そのうち、変な雰囲気を感じるとともに、そこには周りに私服がうろうろしていて彼らの情報収集場所に自分が立っていたことに気づいた。すかさず僕を公安仲間と勘違いした刑事が、「ここを離れるから聞いておいてくれ」と、僕に声掛けをして離れて行った。

目の前には小さなパラボラアンテナがあり、そこからは離れた小公園での会話や演説が良く聞こえていた。彼らの情報収集力は抜群だ。僕は敵の焦りを感じてはいたが、敵味方の力の差を感じてそのままその場を去った。

そのような武器があるのなら、当日の講演や会話は分かっていたはずだ。

彼らが僕を呼んだのは、その確認に過ぎない。それ以上にお粗末なのは法案の内容を知らないことと、北鮮、南鮮という朝鮮人、韓国人に対する認識だ。

僕の反応があまりないことで、その後すぐに解放された。ただ、一言だけ言ってその場を後にした。

「僕は、天皇制が宗教として出てくるのには、クリスチャンとして反対だ」

すると、課長は「そりゃそうだ。国家護持の問題だからな。キリスト教としては反対だよな」

なんと不思議な返事だったかを今でも覚えている。

原宿署の対応だけでなく、この法案を巡って、一度僕が店に立っていた時にも変な客が来ていた。スーツ姿で胸にハンカチを入れた、霞が関のエリート然とした人間が店内を歩いていたことがあった。本庁のエリートが視察に来たのだろう。

文字通り視察だと思うが、服装といい目配りといい、場違いな登場の仕方だった。

この法律に関しては、地方行政委員会でも国会でもそうだったが、国は必死に通そうとしていた。

そして、これに反対した議員にはデッチ上げの事件を作り上げ、マスコミに流したりしている。佐藤三吾氏に対するパチンコ業界からの賄賂という報道だが、これもやがて嘘だとわかるデッチ上げだった。


一九八四年には、アイヌ解放研究会に早くから参加してくれていた佐藤秋雄さんの結婚披露宴が僕の店の近くで開かれた。

社学同の委員長（三派全学連）だった藤本さんと奥さんの加藤登紀子さん主催の披露宴だった。佐藤さんはかつての同志で、二人が防衛庁突入事件で共に獄中いる時にブントが分裂し、獄から出た時に帰るところが無くなっていたという。藤本さんは活動を辞めたのだが、その結婚式では精一杯佐藤さんを祝福していた。

そこにいた知念さんは藤本さんと加藤さんの手紙のやり取りの間を持った人だった。いつも沖縄服を身に纏ったオキナンチューだった。

式には全国からいろんな人が集まり、佐藤さんのお姉さんも来ており、僕はキタさんと一緒に参加した。

父の死

この頃、北海道にいる父の具合が悪くなっていた。妹やお袋からの電話で、今年いっぱい持たないという。原因不明の癌で、薬漬けにあっているという。病名も余命も、親父には伝えていないという。

九月一四日、家族五人で東京を立ち札幌へ向かう。

九月一五日は敬老の日で、親父の誕生日でもあった。親父の見舞いの名目もたつ。そして、初めて孫を会わせることが出来る。

札幌市内で少し休んでから、札幌医大に入院している親父の病室を訪ねた。

広い部屋に幾つかのベッドがあり、その奥に親父は寝ていた。その日はあいさつ程度で別れ、お袋と食事をして実家に泊まる。

次の日の午後、家族で親父のところに向かった。親父は正座をして僕たちを迎えてくれた。

子供たち、特に次女は「お爺ちゃん、お爺ちゃん」と、親父の側ではしゃいでいる。おやじも「おい、おい」と言いながら楽しそうに応えている。

僕は世間一般の話をして、親父の具合を尋ねた。良くならないという。東京でよい医者を探してみるね、ということしか僕は言えなかった。

それ以外、僕は親父と何を話したのか覚えていない。ただ、腫れた顔の親父の目を見ていると、親父は自分の余命を知っているのだと感じた。そして、僕と会うのが最後だということも。いつ帰るのか、いつこの場を離れるのかの決断はなかなかつかなかった。それが親父との最後だということの決断は重かった。

出入り口に面した南窓から入ってくる紅い夕日が僕の膝にかかって、僕は帰ることにした。「じゃあ、この辺で帰るね。今日は家（実家）に泊まり、明日帰るから。じゃあ、皆お爺ちゃんにさよならね」子供たちは親父に挨拶をし、手を振ってその場を離れた。

親父にとっては、孫との初めての出会いが最後の別れになってしまった。

親父に背を向けてガラス戸に向かうが、最後まで親父の視線を背中に感じていた。

南向きの一面のガラス窓には夕日が当たり、紅色の陽光が照り返して眩しかった。そして悲しかった。

僕は最後まで振り返ることが出来ず、前を向いて子供たちの手を引いていた。

次の日、千歳空港を飛び立つ飛行機の窓から見る故郷は、秋が深まる静かな深い憂いに満ちていた。

東京に帰ってからは、相変わらず多忙だった。

多忙と言っても、雑事に追われているだけだったかもしれない。アルバイトのシフト調整、釘調整、割り数、給料計算、新台選びと申請書、それ以外では風営法関係、キタさんとのこともある。

夜、休憩は事務所でとっていた。一一月の僕のメモにこんなメモが残っていた。

「夜　電気を付けないままで事務所に入って、ホールの光をたよりに郷里《くに》へ電話をかける。

話し中の信音がしばらく耳奥に反響していた。

椅子に腰をかけ、タバコを吸う。

闇に溶ける白い煙を追いながら、死と話をしている父のことを思う。

本人の知らない癌が、看病する周りの健康を蝕んでいたこの四カ月。

疲れ切った母の声を聴きたくはないのだが、衰弱してゆく父の現状を説明されながら元気だった頃の父と独り対話するためにダイヤルを回す。

他人以上に親不孝だった。

その父も僕の前から去ってゆこうとしている。

タバコの煙が部屋の闇に馴染んだようだ。

次は僕がこの闇になるのだろう」


北海道からの電話は頻繁に続いた。

一二月三〇日、すぐ来てくれという電話が入った。

内容は分かる。川口に戻り支度をして羽田に向かった。

キャンセル待ちしかない。師走の混雑は半端ではない。しばらく我慢して待っていると、キャンセル待ち客のための特別便が成田から出るという。

成田まで手配されたバスで移動し、特別便に乗ることが出来た。

飛行機のエンジンが始動し飛び立とうと機首を上げたその時、ああ死にたくないという、ものすごい恐怖が僕を襲った。

飛行機には乗り馴れており、子供の時はパイロットになりたいと思っていた僕の初めての経験だった。時計を見ると午後七時三〇分だった。その時、ああ親父が亡くなったと思った。

飛行中、僕は慣れない葬式での挨拶の練習をしていた。

闘争でのアジテーションは得意だが、古式の形式的な挨拶は苦手だ。ただ、長男としての義務を遂行するしかない。

頭の中で、慣れない文言を繰り返しながらバスで札幌に着き、札幌医大の正門に立った。門番に親父の名前と部屋番を言うと、地下ですねという返事だった。地下は死体安置所だ。お袋と妹を呼び、疲れ切ったであろうことを伝え、労を慰めるとともに地下に降りた。

親父は霊安室に収まっていた。

僕はここに泊まることにし、お袋と妹を帰した。来ていた親父の兄さんも泊まるという。二人で、そこにあった木の椅子に横になり泊まることにした。ブランケットはあった。目を閉じた親父に、何かしてあげなければならないと思ったのは真夜中だった。

酒を飲ませてあげよう。僕は札幌の市街に出て酒屋を探した。

氷で凍てついた道は革靴には馴染まない。滑って先に進めない。それでも半ば転びながらも販売機を探しあてた。親父の飲み分と自分用を購入した。帰り道、吐く息が白く凍っていた。戻って、ワンカップの酒を綿にしみこませ親父の口に注いでいると、おじさんが突然起きて一言。

「俺、怖いから帰る」と、そのまま帰ってしまった。

頭のいい人で道庁のお偉いさんだったが、昔から変わった人だった。

僕は、朝まで親父と一緒で、お袋たちが来てから親父を実家に連れて行った。

一二月三一日のことだった。

明けて一九八五（昭和六〇年）一月一日は、さすがに葬式はできない。

それでも二日に祭儀場で通夜が出来、親族が集まってくれた。

棺は重く、雪道を運ぶにも足元が凍っていて、革靴が滑って大変だった。

三日には葬儀、出棺、焼場までできた。

葬儀には親父の仕事の同僚が、正月返上で来てくれて本当にありがたかった。

喪主としての挨拶もなんとかできたようだ。帰る車中で慣用句を組み立てていたからできたのだ。

正月の最中に、北海道の遠方から駆け付けてくれた人たちの気持ちがありがたかった。

親父に通じたかどうか分からないが、親父の人徳で、喜んでいるかも知れないと感じた。

しかしこの期に及んで、親父にとって人生とは何だったのだろうと、ふと考える。

僕にとって、そんなことが分かるはずはないのだが、戦争に行って、国に戻って安い給料の公務員で一生を暮らし、最後は病に侵されて死んでいく。だが幸か不幸かということは人それぞれ。子供の僕の主観では測れない。

ただ、僕にとって、親父の人生と、親父の死をどう受け止めるのかということが、僕自身に問われているのだと、考えていた。

期待していた息子が、やがて親に反抗し、川の流れに沿えと言っているのにいつも抵抗していた、その社会性のなさを、死ぬまで心配していたのだろうか。

もっとも、親不孝の僕が親の足を引っ張っていたとしても、親父が痛いも痒いも感じていなかったら、僕がどうこう言う筋合いでもないことかも知れない。

ただ一つ、良きにつけ悪きにつけ、僕にはいつも親父が付きまとっていたことだ。

そしてただ一つ、僕には親父がいたということだ。

それは、親が子に残すことではなく、一つの印影がそこにあったということの、心に残る重さなのかもしれない。

改正「風俗適正化法」施行

一九八五年二月一三日、改悪風営法は「風俗営業等の規則及び業務の適正化等に関する法律」俗称「風俗適正化法」として施行された。

施工後、あちこちの関連業界から悲鳴が上がった。施行されて、人々は初めてこの法律の問題点を知ったのだ。

ちょっとしたトラブルでも管理者の責任と店の処分があったり、警察が立ち入り、戦前の特高のような振る舞いをしたり、つまり私的な領域に土足で入り込んできたのだ。

なかには帳簿を出せということもあった。法案審議中、警察と国税局との打ち合わせもあったと聞く。

また官僚が、この法律は外国人対策だといったように、在日韓国・朝鮮人の経営に対して様々な言いがかりも付けられていた。北や南にパチンコから資金が流れているという言いがかりもそうだが、在留許可書を管理者が持っていなかった、書類に在留許可関係の不備で許可が下りなかったり、飲食関係、そして青少年の補導の強化、風俗店への立ち入りと、庶民の仕事場や生活の中にも押し

「風俗営業法」考

風俗連絡センター世話人　安藤清史

「風俗連絡センター」を立ち上げた

入ってきた。

国の進める予防主義とは、国民の管理以外の何ものでもなく、まさにオーウェルの『一九八四年』の管理された世界、そこでは心さえも管理される世界の幕開けを、この法律は実施していた。

僕たちは、集まった人々に呼びかけ勉強会を開き、弁護士も加え「風俗連絡センター」を立ち上げた。

そして五月に集会・講演会を新宿で開催した。

二月二一日開かれた集会・講演会のタイトルは「ぶっとばせ風営法」だったか、名前は憶えていない。

当日、チンドン屋を歌舞伎町から新宿を歩かせるつもりでいたが、許可が下りず出来なかった。

当日、前日からの準備で疲れていて午前中は少し休み、午後は川口からタバコをひと箱担いで電車に乗り代々木へ運びそのまま代々木の仕事をした。四時に店を出て、おにぎりを一〇人分買って新宿西口の予定の開催ホールに入る。

五時三〇分開演。僕は五分ほど挨拶をした。

落語家立川コニシキ、ニューハーフ社会運動家東郷健と続いた。コントがあり、七時に野坂昭如が到着して八時まで講演した。彼はいつもどんな時でもビールを飲んでいる。講演の間、片手にビール缶を持っていた。

会場には色々な人が来てくれていたが、なかでも学生ＹＭＣＡの部室に来ていた女性もいた。挨拶されて初めて知ったのだが、当時彼女のお父さんは大蔵省の主計局に居た超エリートで、いい所のお嬢さんという印象だったが、今はすすんで障碍者の施設で働いているという。

それも重度の障碍者担当で、檻があってよく暴れるという。お嬢さんだったイメージの彼女と今働いている現状に落差を覚えたが、彼女が望んでしているという。話を聞きながら頭が下がった。

その後、二次会があり三次会もこなして、僕はタクシーで川口まで帰った。その間のことは何も覚えていない。当時のメモには、一一時三次会一三人としか書いてなかった。

風俗連絡センターは池袋の佐藤秋雄さんの事務所を借りた。そこで勉強会をした。色々な相談事が持ち込まれたが、結局僕一人では持ち切れなかったので長くは続けられなかったのは残念で申し訳なかった。


一九八五年八月一二日、日本航空一二三便ボーイング七四七型機が御巣鷹山に墜落した。死亡者数五二〇人という大惨事だった。

原因は究明中で、日本航空に対する不信感が高まったころ、お袋から電話があり、親父の繰り上げの一周忌をやるという。親父の誕生日に合わせたいという、お袋の気持ちが良く分かる。

早速、飛行機の予約を入れるがどこも満席。結局日本航空しかなかった。

八月一七日、日本航空に親子五人で乗った。中はガラガラだった。子供たちは遊びたい盛り。飛行機が飛び上がるまで機内は遊び場になっていた。

入って気がついたのは、入り口にいたスチュワーデスが、長女の通う保育所の同期のお母さんだったことだ。向こうも気がつき、ごめんなさいね、ガラガラなのと言うが、こんなところで一緒になる奇遇を感じた。

それでも、飛行機が飛び立ち、飛行する間も緊張はあった。御巣鷹山悲劇の原因が未だ分からないのだ。緊張がないのは子供たちで席の間を飛び回り、楽しい旅だったに違いない。

千歳空港に到着し飛行機を出る時、長女の同級生のお母さんのスチュワーデスが、ありがとうございましたと、深々と頭を下げたのは印象的だった。客は数えるほどしかいなかった。

お袋とは札幌市内で待ち合わせ、近くの百貨店で僕ら家族と一緒に食事をして実家に向かった。

翌日は、お墓参りをし、近くのお堂で一周忌をして親戚一同で食事をした。

その頃、お爺ちゃんの残した財産で、親父の身内同士で裁判が始まっていたが、僕は長男としてどこにでもある挨拶をしてその場を過ごした。

繰り上げ一周忌会には、親父の兄弟姉妹が集まってくれた。それはそれでありがたかった。裁判がなければ、もっと自然に接して入れたのかもしれない。心にわだかまりがあった。

そういえば裁判が続いていた時、裁判所から質問状が来たのを思い出す。あなたは、この裁判がどのように進められることを望みますか、というものだった。

僕は、元々あったアイヌの土地だからアイヌに帰すべきだと書いた。

仮にお爺ちゃんが苦労して手に入れたとしても、それを子供たちがけんかして手に入れるのもみっともないと思っていた。親父が死んだので、僕と妹が相続人になったのだが、そのこと自体、入る予定の金も不労所得で釈然としない。

親が子供に残すのは金なのか。それを子供は当然のこととして考える、そんな法律は「家」の相続であり、そんな相続がなければ国の資産になる。

一代の相続を廃止して、資産を国民の共有財産にして目的を持って活用した方が、残す本人にとって意味があると思うのだ。確かに今の社会では、親は子供のために働いているという意識は強い。それが相続に繋がっているのも事実だ。

したがって、日本の民法は私法、プライベート性が強いようだ。だが、相続でもめる現実を思うと、親子の在り方も考えなければならないと思う。

親子の関係とは別に、親の子供に対する社会意識の問題だ。親の財産は社会で作られた親の財産、プライベートであり個人の財産だという規定の上でも、それは社会的な生産物だということだ。

そこでは、氏姓的社会、家を継ぐという家の継続と離れた自由な発想があっていいと思う。子供は社会が育てるものだという意識があれば、子供が親の財産で喧嘩することも無いと思うのだが。

次の日は、妹夫妻がレンタカーを借りて小樽までドライブして案内してくれた。

駅も新しくなっており、昔通っていた駅裏の斜面坂はそのままだったが、下宿屋は無く更地になっていた。賄いをしてくれた老夫婦がいとおしかった。

市内観光では、昔のドブ運河が整備されて目玉の観光地になっていたのは驚いた。往年の映画スター石原裕次郎の記念館もあり、小樽は変わったのだとつくづく感じた。二〇年というと、僕にとってあっという間だが、街が変わるには十分な長さなのだろう。

それから祝津に出て、水族館を見て回り、子供たちは近くの海岸で裸になり水遊びをさせた。

懐かしい小樽の一日だった。

次の日、日本航空ボーイング七四七型機で帰路に就いた。

五月のゴールデンウイークのことだった。たまたま学生ＹＭＣＡに来ていた後輩二人が結婚することになり、僕は長女を連れて参加していた。

店も心配なので時々電話を入れると、菊池君が客と喧嘩をして二人とも警察に連れていかれ拘置されたというのだ。

結婚式に参加している身としては身動きも取れず、ちょうどその時は五月の連休中とあって、警察との連絡もうまくいかない状態で、次の日店に出てから状況を把握した。

要は禁止行為をしたので菊池君が注意をすると、客が逆上して暴れたので対応した菊池君と喧嘩になり、パチンコの玉入れを持っての殴り合いの結果、お互い血だらけになり、駆け付けた警官に二人とも持っていかれたというのだ。

わたしが警察に問い合わせると、喧嘩両成敗ということで二人が逮捕され、手続き上連休中という理由で長めに勾留されることになったという。

その後、双方弁護士をたてて事後処理をしたのだが、相手は台湾独立運動をしている人で、こちらは爆弾闘争の履歴を持つ人間で、話がどう折れたのか話し合いが長引くことはなかった。

菊池君は、風営法のイベント以降、野坂昭如と行動を共にしたようで、やがて自分で生活をしたいと言って、突然店を辞めると言ってきた。

自立するのは賛成なのだが、社会と普通に付き合えるのかという不安があったが、新宿の新規のパチンコ店の話も進んでいるようで、僕として拒否はできなかった。

風営法では、僕の手伝いをよくやってくれたのでありがたかった。そして、そのこと自体が彼にとって自信になったのかもしれない。

その後突然、結婚したという報告があったのにはびっくりした。相手は台湾の女性だという。喧嘩した相手が台湾人、結婚した相手が台湾人、妙な出会いの代々木の店だった。

代々木の店には、確かに色々な人が出入りしていた。

まず、毎週だがキタさんからは電話があり、しょっちゅう来ては話をし、食事をしていった。食事と言っても、隣の蕎麦屋ではキタさんは食事はせず、いつもビールか酒でつまみもなしだった。僕はそのことで怒っていたのだが、彼はそんな小言を気にもせずにいつも飲みふけっていた。

九月には夫婦で店に来てくれた。

東京には奥さんの実家があり、そことの話し合いも続いていた。

それと同じように、キタさんの生活態度や奥さんの実家との関係、北海道での差別のことで、妹の悦子さんも頻繁に店に顔を見せていた。

よく、唐突に顔を見せたのは知里みどりさんで、独特の個性を発揮していた。

第二次ブントのメンバーとも交流が深く、多くの話題を提供してくれた。

ブントでは佐藤秋雄さんもよく電話もくれ、店にも寄ってくれた。

そんなある日、伝手《つて》を頼り、アイヌの樺英和君が店に僕を訪ねてきた。横浜で薬（麻薬）がらみでヤクザに追われているというのだ。

アイヌ活動家としての兄貴の樺修一君は知っているが、とりあえずその弟を助けるつもりで、川口の店に送ることにした。ただ送るだけではなく、キタさんのこと、アイヌ解放運動のことも彼には説明した。

樺君とキタさんとは川口の焼肉店で一緒に食事をして話をしたが、キタさんとしてはそれ以上仲良くできる相手ではなかったようだ。

ただ、僕と樺君とは上司の関係は最初からないので、お互いどのような付き合いが良いのかを考えていたが、結局は僕がいつも彼の悲鳴を聞く立場になっていった。大酒のみで、いつも死に向かい合うような悲鳴の連続だった。

正月元旦、どこに行くこともない樺君の部屋、そこには布団が敷いてあるだけの社員寮の部屋に、チョゴリを着た幼稚園児の長女と尋ねた時、民族舞踊を見たいという樺君の希望で、幼稚園で覚えた朝鮮の舞踊を歌いながら樺君の前で演じると、樺君の目が輝き拍手三昧、長女に一〇〇〇円を渡してくれた。有難うこれはお礼だ、そういう彼の生き生きした目が、いまだに僕の脳裏に焼き付いている。

樺君がいつも言っていたのは、鹿牧場を作りたいということだった。僕は、解放運動よりも鹿牧場を熱く語る彼の力になりたかった。

だが、僕が何をするかというより、彼が鹿牧場をどう作り何をしようとしているのかに重点があり、僕から行動を起こすことはなかった。

問題は彼の酒癖だった。

ある時、川口のパチンコの事務所の前でうずくまって泣いている姿を発見し、彼に問いかけた。樺君は腹を抑えながら「死にたくない」を繰り返し、泣いていた。

彼は仲良くなった賄のおばさんの前で、血を吐いてぶっ倒れたということも聞いていた。

内臓治療、特に肝臓に関して医者にかかれと強く言っていたが、日を置かず山谷から電話があり、そこで入院することになったという。

北海道へ戻った樺君からはしょっちゅう電話はあった。

夜中、事務所で仕事をしていると電話が入る。夜中だと時間があることを知っていた。

夜中の電話は、悲痛な電話だった。生活が苦しいのか、体が苦しいのか「死にたくない。苦しいよ」を、繰り返していた。

僕は鹿牧場をやるんだろう、話を持って来いよ、やる気があるんなら一緒にやろうよ、という問いかけを繰り返した。

夜中の悲痛な電話も、やがて途切れた。後で、樺君が死んだと聞いた。


代々木の店では、色々な人と出会った。

東京拘置所を中心として獄中者組合が結成され、獄中の待遇の改善に向けて運動が起こっていた。

僕の店にも、出所した人が獄中組合からの紹介として訪れていた。

出所直ぐでは仕事に就くのも大変だろうと、店で働いてもらったが長続きしなかった。

そんなに難しい仕事ではないホール回りなのだが、他に仕事を見つけたのか、嫌になったのかある日ぽっといなくなったり、前借りを申請してその日のうちにいなくなった人間もいた。

ソープランドが趣味の人間は、マッサージしてあげたら喜ばれたと、自慢話を語りつくす御人もいた。

獄中組合からはその都度引き受けたが、やがて途絶えた。

僕が『風営法考』を出してからは関係者も良く店に顔を出してくれた。

ストリッパーをしていた人も、僕の考えに賛同してくれ店に来てくれ、図書新聞だったかに賛同文書を載せてくれたりしたことがあった。

新風営法施行後、様々な問題で朝日ジャーナル編集員の宮本さんと連絡を取り合い、レポートを出すことになった。僕は急いで文書を書き彼に送った。宮本さんからの返事は、短編のレポートを予定していたのが長すぎるという。

一週間、仕事の合間に急いで書いた文書だったが、そのまま没にするのも悔しかったので友人の印刷屋で印刷してもらい、知り合いに配りながら新宿の模索舎に置いてもらったが好評だった。それが『風営法考』という簡単なパンフレットだった。

現場からの活動報告とあって、なかでも中核派が反応していたとの話もあった。

このパンフレットは、思わぬところでも反応があった。

一九八六（昭和六一年）東京で開かれたサミットに合わせて、ＮＧＯピースボート辻本清美主催の反サミット、ミニサミットという集まりに呼ばれた時のことだ。

富士山中湖で行われるとあって、僕は仕事の後、最終電車で店を出た。長女も一緒だった。幼いけれど色々な経験をさせたいと思っていたのだ。

鈍行を乗り継ぎ早朝目的地に着いたのだが、車中睡眠もとれずきつい行軍だった。途中乗った電車が古く、床板が割れていて、そこから見える走り去る路面を眺めながらの車中泊だった。

イベントでは主催者に頼み、日本人の責務として在日民族学校の教育権の権利保障と日本人の側からの支援が必要であることを訴えた。

持ってきたテープを流して長女にチョゴリ姿で子供の演じる朝鮮舞踊を披露し、在日の民族学校の宣伝をすることが出来た問題なのはセクションでの発表会だった。秘密保護法をテーマに発表があり、僕の方はその反対に国家が人々のプライバシーに土足で侵入するという、今の国の在り方の怖さを主張した。

代々木にいる間、一度朝日新聞の読者欄にアイヌに関し投稿募集があったので投稿すると担当から電話があった。知らないことなので勉強になりました、というのがその時の電話だった。

『チョンソリ（鐘の音）』の発行

同じ年の一九八六年、僕は『チョンソリ（鐘の音）』という民族教育の紹介を含めた地域誌を印刷・発行した。

それは、僕が子供を民族学校に入れて感じた差別や権利に関して広く訴えたかったからだ。

川口市では戦後埼玉県で初めて民族学校が在日の親たちの手で作られ、政府の手で潰された。

詩人の許南麒《ホナムギ》氏が教えていたが、警察が来て閉鎖されたのだ。その時の悲しみに満ちた詩も残されている。

教育を受けるという人間の基本的な権利が日本人でないという理由で無視され、日本人と同じ税金を払いながら一切の補助もない。日本人の僕からすれば、民族学校に入れて何の支援も保障もない、日本政府に対する日本人の側からの怒りがそこにあった。

少なくとも、身近に民族学校があり、その教育内容を少しでも地域の人に知ってもらいたいという思いで書き出し、印刷・発行した。

そこには当時、日本の国際化をうたい文句にしていた日本政府が、国内の国際化には何も手を付けず、ただ労働力確保の観点でしか外国人を見ていないというお粗末な政策内容だった。

内なる国際化、コミュニティにおける共生と、相手を知り共に尊重し合える関係の構築、そして子供たちの教育を受ける権利・多文化教育の問題が抜け落ちたままの国際化は、差別の多い社会の中では機会均等の利益を得ることが難しいまま、より差別を増長することになりかねないという危惧を僕は抱いていた。

『チョンソリ』創刊号

民族学校の歴史には、戦後川口に朝鮮学校があったことの執筆を竹澤節子先生（当時、花園小学校教員）にお願いし、朝鮮人が関わった人見百穴の事情に関しては鈴木淳先生（当時、浦和高等学校教員）にお願いして書いてもらった。それ以外は全部自分で書いたものだ。

これも新宿の模索舎に置いてもらったり、時間を見ては手配りで川口の小学校を一校一校回った。最初の小学校では、校長先生が手に取って読んでくれ僕を励ましてくれた。それは珍しいケースで、後はけんもほろほろだった。

驚いたのは、市内一の優秀校と呼ばれる学校でのことだ。玄関に入り、校長との面会をお願いすると、対応した女性教師は今大変なんですと言う。

僕を誰と勘違いしたのか、日本語の分からない中国からの帰国子女の子供が学校に回され、その処理が出来ず困っているという。

日本語も分からない子供を学校に送る行政も行政だが、何の相談もないまま学校当局もそりゃ参るだろうと思っていたが、僕の来た趣旨を説明して校長への面談をお願いした。

するとその教員は目の届く校長室の前に行くと、ドアの前で平身低頭、校長先生様と深々と頭を下げてお伺いを立てている。

やがて、僕の前に戻った女性教員は、校長先生様はお忙しいとのことです、との一言で僕の前から去った。去る前にチョンソリを渡したが、それはその女性教師の眼中にはなかったようだ。

優秀校と言われる学校での序列、校長が天皇陛下のように扱われる教育現場、そこでどのような教育が行われているのが、僕の高校時代のトラウマがよみがえった。

優秀校と呼ばれる小学校を出た子がどんな中学に入るのか。この小学校を落ちこぼれた子供がどうなるのか。背筋が寒くなった。

それと同時に、最初に出会った、言葉の分からない帰国子女の入学なんてことは考えられないことが今、目の前で起こっていることも驚きだった。

『チョンソリ』は好評だった。全国に行き渡ったようで、鹿児島から新潟まで、各地から手紙が届いた。

二号・三号は合併号で出した。その後を続ける原稿も竹澤先生や民族学校に関する卒論を書いた一橋大学の学生からも原稿をもらったが、仕事が忙しく出せずになってしまったのは残念だった。

『チョンソリ』には発行年月日も、原稿にも書いた年月日は入れなかった。後日読んだ年月日との時代比較をしてほしくなかったことと、書いた時点と読んだ時点で時代差はないのかもしれないという思いがあったからだ。

『チョンソリ』を書き編集するにあたって、僕は当時戸田市にあった朝鮮幼稚園を度々訪れた。カメラは必ず持参して、色々な写真を撮っていた。当時の僕の呼び名は、カメラのおじさんだった。当時の可愛い子供たちの写真は沢山残っており、当時の子供たちの笑顔は脳裏に焼き付いているのだが、色々な会合で、大人になってしまった本人からあの時の誰それですと、いきなり挨拶されることがあるが、子供の時のイメージと大人では時代の隙間を埋めることが出来ず、思わずうなってしまう。

その時は普通に会話をするが、あの時の可愛い子供の顔は、いつまでも可愛い子供のままで僕の心の中で生きている。

『チョンソリ』に「戦争—闇からの叫び」(「吉見百穴地下軍需工場と朝鮮労働者」)を書いてくれた鈴木淳先生はその後、突然亡くなられた。最期の文書かも知れない大切な原稿で、今でも感謝している。

第四章　地域に生きる

加藤登紀子コンサートと「チョンソリ号」

一九八七（昭和六二年）のことだった。キタさんの『イフンケ（子守歌）』の出版などでお世話になった佐藤秋雄さんから連絡があり、会って欲しい人がいるとのことだった。

その人は芸能関係のプロダクションの事務所を持っており、今回、加藤登紀子のコンサートを大宮市にある大宮ソニックシティで開催することになり、僕に手伝ってほしいということだった。三〇〇〇人ほどの収容施設だという。半分の動員要請である。知人はいるが動員するほどの人数ではない。

大宮ソニックシティは翌年一九八八年オープンである。華々しいオープニング年のコンサートだ。僕は芸能関係には無縁で、当然コンサートなどやったことがない。

断るつもりでいるとある日電話が入った。当の本人の個人プロダクションが倒産したというのだ。その上、ソニックシティには前金として金を払っているので、何としてでもコンサートをやって自分の払った手付金を返してほしいというのだ。

虫のいい話だが、やったことのないことを僕自身で判断しなければならない羽目になってしまった。普通に考えたら断るのが当たり前だ。

そんな時、かつての学生運動での話を思い出した。関西と関東の違いだ。僕は関西で、特に大阪の人間との知り合いが多かった。

大阪の友人曰く。関東の奴らは全員と協議して決めるというが、時間をかけ、その挙句できません と言ってくる。関西は、とりあえず始めてから考える。関西と関東は違うんや。

関西、特に大阪の友人の言葉が頭の中をこだましていた。まず、やってみい、それから考えてもいい。

確かに、やらないことは無難だ。だがもし、やったとして何を成功とするかだ。満員で十分な利益が出れば成功だ。赤字でも、成功と言えることがあるだろうか。

柔軟に考えてみよう。

加藤登紀子事務所のマネージャーと連絡を取ると、何としても進めてほしいという。

とりあえず状況を把握するのに、浦和市の埼玉会館に行き加藤登紀子の公演実績と関係する「友の会」の資料をもらい、大宮、浦和のデパートのチケット売り場や川口市のそごうの組合の事情をはじめ関係する情報を集めるだけ集め、それを当時出始めていたパソコンに打ち込んだ。

幾つかのシュミレーションを出して、宣伝の仕方、配券の仕方を検討して始めることにした。その時の決断とは、やる前に悩むよりはやりながら考えようということだった。

パソコンのデーターは、代々木にある加藤事務所まで行ってマネージャーに見せ説明した。ただし、自分は素人であることは伏せたうえでマネージャーの知見がこのコンサートの命であることを強調した。

大宮ソニックシティが、当時の新宿厚生年金ホールと同等の巨大ホールなどということも理解しないで始め、かかる費用は自分のなけなしの貯金を崩しながらのことだったが、失敗したら首をくくるつもりでいた。

ただ、自分の信念として、このコンサートを成功させるということの意味を考えるようにした。当然満席が理想だが、まず無理だろう。売り上げは当時出した「チョンソリ」で案内した子供たちの通園バスの費用にすること、通常のコンサートでは満席は無理なので空いている席に招待者を想定して席を埋めることにした。

舞台に立つ人にとって、少しでも席が埋まると張り合いも違うだろう。それがたとえ招待であれ満席だと盛り上がりも違う。皆で楽しむことも演出だ。

招待は、普段コンサートに来れない人が対象だ。僕の頭の中には障碍者がいた。川口でも障碍者施設を自前で運営している人を良く知っている。

また、かつて福祉関係の人と話をしていて、母子家庭の人の待遇改善が話題になったことがあるが、母子家庭も招待しようと考えた。

そんな人たちが喜んでくれれば、僕がやる事の意味があると思い至った。

埼玉県や地方は東京と違い、チケット自体東京レベルでは売れない。高いと感じるのだ。ファンクラブとは違い庶民でも手の届く値段を設定した。

また、労組等支援してチケットをまとめるところには一〇パーセントのキックバックにした。四〇〇〇円チケット販売で四〇〇円のキックバックだ。数をこなせば運動資金になる。これは好評だった。

一九八八年春、チケットぴあに頼んで作ってもらった全席のチケットが僕の手元に届いた。大変な量だ。

それを一部プレイガイド元に送り窓口販売をたのみ、座席表図面をもとに勘案し、各デパートのチケット売り場や各種組合に配布した。これ自体大変な作業だったが、僕一人でやり通した。

何処もそうだがすべて飛び込みだ。大宮市の労働組合も、大手電機会社労組も飛び込だった。

知り合いへの呼びかけもそうだが、毎週送られてくる売上成果を見ながら、途中からは売り上げの悪いところから売り上げの良いところへチケットの入れ替作業も毎週のように行った。僕一人、半年頑張った。

コンサートの日取りは暮れ間近の平日だったが、その年加藤登紀子の「百万本のバラ」がヒットしていたことと、日本人初のカーネギーホールでの公演も成功して評判を呼び、チケット販売は順調だった。招待者の席も確保して知り合いの施設と市の福祉課にチケットを配布した。

コンサート開演当日は、僕は緊張してホールに向かった。

スタッフは会社の若い子や知り合いに頼み、「スタッフ」の腕章も五〇個揃え開演に臨んだ。当日は早めに来てもらい、もぎりや席の案内、警備など訓練も徹底した。

コンサートでは「百万本のバラ」を歌うと聞いていたので薔薇も用意した。ソニックシティの中にあった花屋で調達したが、薔薇は高かった。

なけなしの金をはたいた感じがした。段取りを進め、コンサート終了後の飲み会の会場も準備した。会場はほぼ満席で開演時間を待っていると、入り口でチケット購入を希望する人が殺到していた。

売り切れで断るのは簡単だったが、僕の頭の中にはバス購入の資金への思いがあったので、希望者にはチケットは売り切れで席がないが、スタッフ腕章をつけて好きなところで支障のないようにという説明をし、現金をもらってホールに入れた。消防法違反なのだが、もう時効だろう。

満席のコンサートも終わりに近づくと「百万本のバラ」が始まった。

観客も盛り上がり、客とも一緒に歌い合いながら終わった。スタッフが薔薇の束を舞台の加藤登紀子に手渡した。それは盛り上がりへの効果が大きかった。

コンサート後の電車の中で（左から青木悦子、著者、佐藤秋雄、萱野甚一）

するとアンコールでまた歌い始めた加藤登紀子が、観客一人ずつにその薔薇を一本ずつ渡し始めたのだ。
僕の気持ちの中で、あの高価な薔薇が一本ずつ消えていく虚しさを感じたが、演出効果としては良かったのかもしれない。が、実感としては薔薇の値段の高さが後々まで頭の中にこびりついていた。
公演後の飲み会では、まず僕が挨拶した。挨拶の中の「小市民の主催したコンサート」という言葉の「小市民」という言い方がおかしいと、加藤登紀子に笑われてしまったのには参った。小市民という言葉が、レーニンの忌み嫌った言葉に聞こえたのか、その真偽は分からない。

売上からは、コンサートの手付金として当初支払われた金額を僕に話を持ってきた彼に真っ先に振り込んだ。チケット代やチラシ代、スタッフ費用、会場費や音楽著作権協会、そして僕のために安く設定してくれた加藤事務所等に支払っても何とか残り分はあったので、バス購入資金にはなるだろうと安堵した。

コンサートの売り上げの残金の明細を出し、残り全額を学校のバス購入資金として朝鮮総連埼玉県本部に渡した。コンサートの残金と、チョンソリで募金したお金もいれて、端数も記載して渡した。

そして大宮朝鮮学校が手配したバスが購入された。

バスの名前も「チョンソリ号」という僕の出している小誌「チョンソリ（鐘の音）」の名前を入れてもらって県南を走り、僕の子供たちもそのバスで通学していた。

バスに関しては、子供たちが通園するバスがボロボロで冷房も効かず、ドアも走行中勝手に開くという危ないもので、僕も乗ったことがあるが座席も硬い木でしかもボロボロだったので、どうしても新しいバスが欲しいと思っていた。

コンサートの話がある前のことだった。バスの購入や民族学校を維持するために、日本人に呼び掛けて民族学校への日本人からの支援と基金の構想案を持って県本部と掛け合ったことがある。

その時は、こちら側の趣旨が理解してもらえず、口論となり怒鳴り返されたことがあったが、今回のバス寄贈は良い結果だったと思う。

実際、「チョンソリ」を発行しながらバス基金の募金もしていたが、目標まではなかなかたどり着かないでいたのだ。

また、コンサートをやって良かったのは、招待した障碍者とその親に喜んでもらえたことだ。コンサートの後、障碍を持った女の子を連れ僕の前に現れたお父さんが、このようなことは初めてで、子供が本当に喜んでいたと涙目ながらに挨拶された時は、本当にやって良かったと心から思えた。

コンサートとはそれ以降、縁がないものと思っていたが、一九九〇（平成二年）川口市に文化総合センター「リリア」が出来、そのオープニングに再び加藤登紀子のコンサートを行うことになった。

以前やったこともあり、せめてチケット販売も自分が請け負おうと加藤登紀子事務所のマネージャーと交渉するとオーケーが出た。コンサートは電通が請け負っていたが、マネージャーが口添えしてくれて、僕の販売も可能になった。

すかさずリリアの事務局長を訪れ、僕も手伝うという話をすると、市民に協力してもらえるのは歓迎するという返事で事務局長自身喜んでくれた。

それから間もなくリリアから呼び出しがかかった。

リリアの事務局に行くと事務局長は隅の方で下を向いて座っている。僕は指定された席に座って待たされていると、若い人が現れた。渡された名刺は市の職員だった。

座っている僕の横に立った職員は開口一番、このコンサートは市の行事で市民とは関係ありません、と切り出した。お引き取りくださいと言うのだ。

僕は、その言葉にびっくりした。

市民のための総合文化会館で、市民の税金で市民のための施設という印象だったので、市民として協力するつもりだった。それが市の行事で市民とは関係ないという言葉。

僕は事務局長のデスクに座っている事務局長を見た。こちらを見ずに下を向いている。

一介の市の職員が、どういう権限で老齢の幹部の前でおかしな論理を展開しているのか、その風景が僕には理解できないでいた。

いずれにせよ、市民とは関係ないのでチケット販売は許可できないというのだ。

議論も何も、市民を相手にしない市の職員と喧嘩する気力も失せて、僕はその場を去った。喧嘩や会話をする相手ではない、人間として相手にしたくない人間だった。

コンサート当日には、僕も顔を出して加藤登紀子さんに挨拶をした。公演間際の準備中だったが、本人から舞台で見ていってよという要望があり、そのまま舞台の上で開演までの様子を観察できた。

公演の会場に人が満ちて来て、舞台の上の僕が客席を覗くと客席最前列にパチンコ店の常連が並んで座っていた。向こうも僕を見て声をかけてくる。聞くと選挙の後援会で呼ばれて来たという。選挙の後援会？　その時は意味が分からなかった。

コンサートの間、加藤登紀子さんの要請もあり僕は舞台の幕横で公演を見ることになった。舞台そばに設《しつら》えた着替え室での様子など、会場からは見ることの出来ない舞台裏は面白い経験になった。

コンサートが終わって、登紀子さんに挨拶をしようと思って楽屋裏に入ろうとすると、目の前に例の市の職員と母親らしき人が花束を持って登紀子さんの控室に向かうのが見えた。

その時、市の主催と粋がっていたが、こいつの為のコンサートに利用されていたのかという憤りが湧いてきた。最もこれは加藤登紀子事務所とは関係のない話だ。

コンサートが終わって後日、僕はリリアに電話を入れた。先の市職員と話をしたかったからだ。

電話に出た係員がいうには、先の職員は市議会の選挙に出るので退職しました、ということだった。

僕が聞いて分かったのは、川口市の自民党は他の市町村とは違って、上から県議、国会議員を指名・押し付けられるのではなく、元々鋳物という国の要の産業を抑えていたこともあり、地元の自民党で議員を立てているのだという。

先の市職員も、母親が旧陸軍の有名人の娘で、その子供も市議・県議・国会議員の道を進むべく設えられているのだということだった。当然、市の自民党が擁護・擁立していた。

実際、国会議員になり大臣になったが、ある時川口での演説を聞いてみたが、国のことはあれこれ言うが演説の中には国民はいなかった。これは例の市の行事であり市民とは関係ないという発想そのままだ。

加藤登紀子のコンサート後、機会を見てリリアへ行った。そして、このような場所を利用して以前から考えていた文化の力でのまちづくりを前面に出した「川口市民フォーラム」を主宰し実行することになった。

それまで、「まちおこしまちづくり」は色々企画されるが、行政レベルでは企業誘致による経済的波及効果を念頭に置いている。町に限らず人が生きるのに物の交流と金の流れは必要だが、人の暮らしを考えた時、生活・暮らし・歴史文化が付いてまわる。コミュニティの根っ子にこだわるべきだと考えていたので、市民レベルの「川口市民フォーラム」があったことと、文化という幅広い領域があるのでいろんなことが扱える楽しみもある。

僕自身は、二四時間業務のような生活をしてきたが、コンサートを契機に地元に根差したコミュニティづくり、まちづくりをしていきたいと考えるようになった。

東日本大震災と被災者支援コンサート

二〇一一（平成二三年）三月一一日、僕がマンションの補修・保全を担うマンション管理組合の理事長をやることになった時、東日本大震災が起こった。

そこで再び川口文化総合センター「リリア」で東日本大震災支援コンサートやることになる。実は、コンサートを引き受けたのはたまたまだったが、東日本大震災という未曽有の事態が、文化とコミュニティにそのまままつながっていった。

川口市が勧める市民と行政の共同事業としてのサークルに協力を願いし、生協にも話を持ちかけて企画を進めた。今回も、会場が広いので客席の一部を埋めるのに招待客を考えた。

当然、招待者は川口市にも多く避難している東日本大震災の被災者であり、この間招待している障碍者と母子家庭のお母さんお父さんたちだ。

知り合いから生協パルシステムの桑原さんを紹介され、生協関係の交渉をお願いした。チラシ、ポスター関係は次女の娘に頼み、市の広報には東日本震災者招待の案内を頼んだ。

準備までの間、ボランティアを含めての会議と協賛者との連携はうまくいっていた。

そごうにお願いし、裏の入り口でのチケット販売に協力してもらった。また、そのチケット販売にも多くのボランティアや障碍者施設の関係者が参加してくれた。

東日本大震災では原発被害からの避難者が埼玉に多く来ており、各地に避難者をサポートするセンターが出来ていた。特に川口市は鋳物関係で東北からの出稼ぎ者が多く、福島とつながりのある人が多かった。また、映画「キューポラのある町」で知られるように在日韓国・朝鮮人も多い街である。

当時、福島県の双葉町から埼玉県加須《かぞ》市の廃校になっていた旧県立騎西《きせい》高校に避難している人たちがいた。町役場も置かれ、多い時は一四〇〇人の避難者が校舎で生活しているという。

僕は案内のチラシを抱え、電車とバスを乗り継いで加須市の郊外にある旧騎西高校を訪ねた。避難している人たちは校舎の教室に分散して暮らしている。僕が着いたのは午後で、皆さんは食事が終わって校庭でくつろいでいた。

タバコを吸う場所を見つけて、煙をくゆらせながら色々な方と話をすることが出来た。ある女性は「疲れた、もうこんな生活は嫌だ」「死にたい。死にたい」を、繰り返していた。

震災の翌一二日、津波による原発事故で放射線が放出し、避難命令が出て緊急避難ため近くの伊達郡に逃れ、一週間後にはさいたま市のさいたまアリーナへ移動、三月三〇、三一日にかけ一四〇〇名が加須市の旧騎西高校へと避難し皆疲れ切っていた。

僕はかける言葉もなく、お互いに励ます言葉を耳にとどめ、僕に出来ることを考えていた。

暫く話をしていると、一人の老人が「体育館に町長が来ているので、行ってみたらいい」と案内してくれた。

体育館には数グループが座り込んで談笑しており、案内されたグループに町長夫妻が談を楽しんでいた。

挨拶をしてコンサート招待の話をすると、町長から皆に呼び掛けたらいいと言われ体育館の一隅を与えられ、そこで体育館の皆さんに大声で案内をすることになった。

僕は双葉町の井戸川町長をはじめ、少しでも多くの方に来てもらいたいと語り、コンサート場での再会を約束して体育館を後にした。

夕日が落ち、皆が校舎に戻り食事が始まるころバス停まで歩いた。校舎には様々なボランティアグループが参加しており、避難者の様々なサポートをしていた。

彼らの話も聞くことができた。事故による避難規模、避難者の多さに国や行政が追い付かず、ボランティアがその穴埋めをして避難者の生活を守り、避難者の心を癒していた。

しかし、いくら無料招待といっても、旧騎西高校から川口市までは距離もあり費用もかかる。

僕は桑原さんに相談すると、支援の生協や団体に相談してみるとのことだったが、やがてそれは実現し、双葉町の避難者とバラバラに生活している避難者を乗せるバスを用意してくれることになった。

原発避難者の救援活動は川口市にもあり、その責任者とは相談事も含め色々話することが出来た。

避難者自体で自立する活動を行っている。ただ、タブーがあって、原発の話はできないという。

避難者には原発関係者もおり、原発の話題を通していがみ合いが起こるのが一番怖いという。

また、そのことを通して学校でもいじめが起こっていることを話してくれた。津波と原発での被害者が、行政からも人間関係からも疎外され苦しんでいる姿に心が痛んだ。

いじめもそうだが風評被害といい、救いのない環境被害が文明が進んでいるはずの現代の日本で、文明の持つ矛盾が拡大しているようで、一人ひとりでは何もできない社会への不安を感じてもいた。

コンサートのチケットは、皆の頑張りで確保した。チケット販売には、一〇パーセントのキックバックを付けたので、市民運動をしている人達には、活動費としての特典が付いたのも売り上げの原動力になっていた。

コンサートの段取りは順調に進んで当日を迎えた。避難者を乗せたバスは数台順番に到着し、車椅子を含め障碍者も混乱なく席に着いた。全てボランティアが手配したものだ。チケット切りもグループに分かれ、声がけと挨拶の練習をしていた。

ホール前のロビーでは、震災者が郷里の特産を売り、障碍者も自分たちで作ったクッキーやコーヒーを売っていた。

スタッフの弁当も、障碍者で運営しているお店から取り寄せた。五〇人分の弁当作りは大変だったろうが、スタッフの皆が美味しいとほめてくれた。

加藤登紀子
東日本大震災避難者、障がい者、地域支援コンサート
Tokiko Concert 2012
川口に愛を届けます！
2012年9月9日（日）川口総合文化センター・リリア メインホール
東日本大震災被災者支援コンサートのポスター

コンサート当日は、市との共同事業に参加しているボランティアがチケット処理を受け持ち、合唱にも参加してくれ、被災者の孤児の思いをうたった歌は観客の涙を誘った。

公演は順調で、被災者からも障碍者からも母子家庭の方からも喜びの声を頂いた。また、双葉町の井戸川町長や川口市市長も参加してくれた。

トラブルもなく成功裏にコンサートは終わり、

次の一年間はまちづくりを含めてそこに集った人々と勉強会を開くことが出来たのは有意義だった。

地震とマンションの管理組合の活動

二〇一一年三月一一日に起こった東日本大震災は、地震に慣れている自分にとっても、初めて覚えた恐怖でもあった。

僕の生まれたた北海道は地震が多い。高校の授業中に地震が来た。二階の僕たちは全員廊下に退避して待機姿勢で指示を待っていた。

廊下の先にネズミが悲鳴を上げて走り去るのが見えた。僕が窓越しに見たのは、中庭の池の水が地震にあおられ、左右の水が真ん中でぶつかり高くしぶいていた。その時の地震で函館大学の校舎一階が潰れていた。地震には慣れていたつもりでいた。

三月一一日の地震はパチンコ店で仕事場中のホールで起きた。尋常でない揺れで客を外に誘導しながら見ると地面が唸なっていた。地面が唸るように揺れる地震は初めての経験だった。電信柱が揺れ、電線が振り回されていたのには驚いた。

しかし、それ以上に驚いたのは、僕を呼びに来た従業員が、テレビで車が流されているのが放映されていると言ってきたことだった。

両替場に置いているテレビを見に急いで行ってみると、画面には巨大な津波が逃げている車を飲みこんでいる姿が放映されていた。画面を見ていると、航空機からの映像では街も流され火災も起きていた。信じられない気持ちだった。

事態が事態なので店を閉め、僕は情報を集めに務めた。交通機関はストップしており帰る術もなく、その日は、僕はそのまま店の三階の食堂の椅子を並べて泊まることになった。

それまでの何気ない日常が、地震という自然の脅威に簡単に破壊されてしまうこと。その上巨大な津波に多くの人命がなす術もなく飲み込まれてしまう。どれだけの人が逃げおおせたのか。そしてどれだけの人命が失われたのか。情報は錯綜していた。

携帯に映る小型テレビには、家路に歩く大勢の人影が深夜にも続いていた。暖房を利かせて椅子の上に横にはなっていたが、なかなか眠りには就けなかった。

次の日、上野に泊まり込んだヨンジャが、家にいる犬が心配で早朝の再開の始発電車を上野駅で待って、やっと乗れた超満員の電車で自宅に向かった。

我が家の窓は地震の揺れで全開していて、カーテンは吹きさらしになり、二匹いた犬は消耗して障碍を持った犬は家内が来た時には目に涙が溜まっていたという。

地震被害の報道のなかで、福島の原子力発電所の爆発もショックだった。地震、津波そして原子力施設の被爆、最悪の悪夢が日本を覆った。

東北の被災者と被害の甚大さを耳にして、僕は被災した東北の後輩が心配だった。被害にあった岩手県大船渡市と宮城県亘理《わたり》郡の後輩には連絡が取れないでいた。

後日、大船渡の後輩は東京に仕事で出ていて助かっていたことが分かった。

彼の家は大船渡の岸で酒屋をやっていた。学生時代、リュックを背負って東北を回ったことがある。目的もなくぶらりと出歩く一人旅だった。東北には後輩もいて、寄る道すがら旧交を温めていた。

大船渡にたどり着いた時、訪ねた後輩は一緒に釣りをしようという。リアス海岸の縁を、小舟に乗せられ手で釣り糸を引く手釣りは初めての経験だった。エサを漁る魚の感触が直に伝わる刺激的な釣りだった。

大船渡の岸に戻り、築港前にある彼の実家の酒屋から持ってくる酒を飲みながら七輪で焼かれる釣った魚やホタテを口いっぱい頬張って堪能した。

そんな楽しかった記憶が強くあった大船渡なので、大災害を被った報道は、僕の心を暗く覆った。後輩が生きていたのは心の救いだった

そして連絡の取れなかったもう一人の後輩は宮城の亘理郡に住んでいる。

学生時代の小旅行で、後輩のいる亘理郡の浜にテントを張ったことがあった。海抜のない、浜がそのまま陸地に届く平坦な土地だった。

僕がテントを張って、ウイスキーを飲みながら海を見ていると、夜の空に光る星空のかなたの水平線上には雨雲がかかっていたようで、雷の稲妻がちらちらと光って水面を照らしていた。静寂な星空と、水平線の稲光の妙なコントラストが、忘れがたい思い出として心に残っている。

そんな思い出の亘理郡の後輩との連絡はつかずじまいだった。

一カ月ほど経って、消息がわかった。連絡をした亘理郡の教育委員会が調べ、後輩の無事が確認されたのだ。彼は郷里で高校の先生をしていた。

教育委員会からの連絡を受け、僕は後輩と電話で話すことが出来た。

彼はその日、授業の受け持ちで高台の校舎にいて助かったとのこと。お母さんはその日、高台の診療所に行っていて難を逃れた。津波の後、家に戻ると土台を残して建物がなかったという。近隣

も流され、被害者も多く出たという。

高齢の母親と避難生活を送って、亘理町にアパートを借りた彼のために、僕は北海道の中学時代の友人たちに支援を要請した。転校の多かった僕には、中学時代の名簿しか手元になかった。

反応は直ぐあった。帯広からは農作物、広尾からは魚が届いたと後輩から連絡があった。高級なシシャモもあって、近隣と分けたとのことだった。


大震災と支援、そして自分の身の回りの環境保護、慌ただしい一年だった。

二〇一〇（平成二二年）の秋、僕は川口市と住民の作るコミュニティ活動で、マンションの管理・運営の脆弱性を克服するために「マンション連合」の案文を書き、災害への備えの文章も書いていたのだが、半年もしないうちに災害が起こってしまった。

自分が住むマンションでの僕は、五月の総会では理事長に立候補し、マンション七期目の理事会を立ち上げた。

他人の干渉を避けるために入居する住民が多い現代のマンション生活での大震災の影響は大きかった。意識の面と実害調査、防災対策が主だが、それまで先送りされてきた様々な課題とも向き合わなければならない。

震災でのアンケートでは、同じ階にどんな人が住んでいるのか分からないという人が三〇パーセント、半分以上分からない人が六〇パーセン、したがって助けを必要とする人もどこに救助を求めていいのか分からないでいた。

実際、大災害では消防も救急車も機能しえない。それは阪神大地震で報告されている。

ましてや、管理組合は共有部分を管理する組織で町会とは違い行政からは見えない組織だ。いざとなったらマンションの住民で助け合わなければならない。

アンケートの結果を公表するとともに、自衛対策のレポートも作成した。また、それまで管理組合の議事録が公表されていなかったので、それも公表した。それ自体画期的なことだった。

また、避難用の非常階段では階数表示が階中央に表示されているが停電では見えないので、僕がコピーしパウチして作った各階数表示札を各階のドアに理事全員で貼ったりした。

二九階しかも二列の非常階段の作業は、結構きつかった。また、非常時の救助対象者の名簿一覧の作成や、非常時のツール購入も行った。

年末の防災避難訓練では消防署の協力も得て、はしご車の実践訓練、マンション内で煙を出しての避難訓練、地震車に乗り地震体感経験、ベランダのパーテーションを実際破る訓練、そして消火器の実際の使用訓練と多彩な内容で参加者も多かった。

はしご車は実際八階までが限度で、はしご試乗者は僕のマンション（八階）のベランダから乗ってもらい僕も参加した。

避難訓練には地域のケーブルテレビに来てもらい、放映もされた。ケーブルテレビには年末の恒例の館内餅つき大会にも来てもらい、これも放映されて好評だった。

餅つき大会は毎年行われており、館内のコミュニティづくりの大きなイベントになっていて、これには僕も最初から参加していた。

理事会は毎月一度開かれが、僕の時はそれまでの引継ぎ事項の多さから、内容を加味し理事会の業務を理解してもらうため一年間、副理事二人と他の理事で毎週土曜午前中に四、五人で集まり打ち合わせを続けた。

電気料金引き下げに関する電力会社選定の引継ぎ案件も、電力会社を数社呼び説明会を開いたりして詰めていった。

その他の案件も色々議論し、案件の多さと早めの整理・処理の観点から、当マンションでは初めての臨時総会を開いて処理にあたった。

この年の一年も忙しいままで、あっという間に過ぎていった。

亘理の後輩からは、支援をしてくれた同級生と僕に写真と一緒に現状報告と礼状が届いた。被災現場の頑張りが伝わってきて、それはそれで励みにもなった。

川口市民フォーラムとコリアンウイーク

話が元に戻るが、僕が作った「川口市民フォーラム」は、当初コンサートを開くための主催団体名が必要で付けた名前だった。その趣旨は「文化の力でまちづくり」というものだった。政治でもなく、経済でもなく、文化という広く歴史と世界をつなぐ基となる力がそこにあると思っていたからだ。

川口市には川口銀座通り商店街組合が独自の工夫で、商店街一角に文化表現コーナー「燦（サン）プラザ」という空間を構えていた。市民の憩いの文化コーナーとして市民参加が出来る良き空間だった。

そこに川口在住の漫画家、田代しんたろう氏が一九九八（平成一〇年）から毎年「日韓ユーモア漫画家年賀状展」を開いていた。韓国の漫画家と日本の漫画家で、その年の干支をモチーフに年賀状を書くのだ。

韓国には年賀状を書く習慣はないが、その趣旨に賛同して毎年展示会が行われていた。

ある年、田代氏から燦プラザを主管する商店街事務局に相談が入った。

日韓というテーマでやっているが、韓国作家だけではなく川口にも多くの韓国人・朝鮮人がいるので地域のイベントとしてやってみたいという相談だった。

事務局として、総連・民団に友人のいる僕に白羽の矢が立った。事務局長は僕をよく知っている古い付き合いの人だった。

相談の初日に、僕の出した地域通信誌「チョンソリ（鐘の音）」を渡して読んでもらった。そして後日、民団・総連の代表に組合事務所に来てもらった。

総連は南部支部、地域を統括している委員長で僕も昔から良く知っている人だ。民団は相談役として皆から慕われている僕の昔からのパチンコ経営者仲間で、テコンドーでも協力して頂いた人だ。

会議は漫画展と韓国人・朝鮮人と共に協力する趣旨に賛同することで同意し、討論の結果韓国人・朝鮮人共に「コリアン」という名前の下一緒に参加することになった。民団、総連が一緒に参加・行動するのは初めてのことだった。

田代さんと事務局は、その準備に入ろうとすると、突然商店街組合理事長から、政治的すぎるから在日の参加での主催は禁止するという指示が入った。

田代さんと事務局は対応を検討し、翌日総連・民団に来てもらったうえで各局の新聞記者を呼び会見をする段取りを取った。

記者の囲む中での声明は、田代しんたろうの「日韓ユーモア漫画家年賀状展」を民団・総連協力して進めるというものだった。

次の日の新聞は大変だった。埼玉新聞の朝刊は「民団・総連歴史的和解」とい大々的なものだった。

理事長の偏狭な政治的判断は、当然ながら無視されることとなった。この記者会見と報道の結果、双方の協力の下、展示会は続行された。

僕自身は、川口市民フォーラムを背負って参加した。文化の力で南北の垣根を超えたかったのだ。そして日本の差別・偏見の垣根も。

そのために、関係者となる様々な人の協力を要請し、応諾して頂いた。韓国から来た切り絵の先生、自分の関わるテコンドーのテープ等、韓国の正月の遊び、韓国・朝鮮の絵本等関係できるものを集めて、狭い一角で展示・案内をした。

なかでも好評だったのは朝鮮将棋だった。朝鮮将棋は、将棋だが日本と駒も違いルールも違う。しかし遊び馴れると朝鮮将棋にはまる独特の面白さがあった。

講師は、昔から顔なじみの文さん。この人はこの間、朝鮮将棋では誰にも負けたことがないというほどの実力者だ。はまった若者が、次の年には東大駒場で愛好会を設けた程好評だった。

「日韓ユーモア漫画家年賀状展」は二〇〇一（平成一三年）から毎年続けられていて、元々年賀状のない韓国の漫画家が参加するのも田代しんたろうさんの人柄と、サッカーが好きで日韓交流試合をやってきたことからの信頼関係に根差しているものだった。

日韓交流が、地域の中で進められたのは意義深いものだった。特に民団と総連が共にコリアンとして一緒に参加できたことも大事な切り口だった。

実は、かつてハルモニの葬式の時だったが、三ノ輪斎場から小平市のお寺に納骨に行くマイクロバスの中で、同じ親戚同士が民団と総連で大喧嘩になったことがあり、親戚同士での民団・総連のいがみ合いが深刻なことを知っていたので、このような共同事業が僕にとってもうれしかったことは勿論だった。

小平市には、在日韓国・朝鮮人の遺骨を納めるお寺がある。祖国が統一されたら故国に埋めてもらいたいという願いで建てられた寺だ。儀式、勤行も朝鮮式だ。

ところが、このコリアンウイークのイベントの後、事務局に公安が調査に入るという「事件」があった。主催者は誰か、どんな人が参加してどんなことを行ったのかというのだ。

当時は、安倍第一次内閣の時で、僕の元にはマスコミ関係等に警察・公安が動き回って報道に圧力をかけているという情報はあったが、街中の商店街にまで足を運んでくるのには驚いた。

それからは、毎週のように顔を出していた組合・事務局長を訪ねるのにも、ドアを閉め不在の表示を出したうえで打ち合わせをすることにした。最も打ち合わせといっても、ビールとつまみ持参の飲み会だったが。

僕自身は、身内に総連関係者や幹部がいるので、つまらぬ嫌疑で迷惑がかからないようには努めていた。

「日韓ユーモア漫画家年賀状展」とともに「コリアン・ウイーク」はその後も続き、僕自身は「川口市民フォーラム」として、自ら掲げていたテーマを堅持することに努めた。

それは、交流を通じて国や民族の違いを知ること。違いを知った上でお互い尊重し合える関係を作ること。その上で、違いを生かしあえる関係の構築が究極の目標だった。それが、そのまま日本の歴史の文化だったと思っている。

そのテーマは、その後田代さんが九州の大学の講師となり、「日韓ユーモア漫画家年賀状展」もひと巡りしたことで終了し、次に事務局長が商工会議所のイベントに参加することにも生かした。

国際交流フェスティバルとアイヌブース

二〇〇八（平成二〇年）、川口駅前に都市計画で大広場が出来、商工会議所主催でイベントを開くことになった。僕たちも参加することになったのだが、これには官民の申請書類作成に通じていた商店街組合事務局長の企画書が功を奏したのだった。

川口市は全国有数の外国人居住者の多い街だ。人口約六〇万人のまちで外国人の増加は加速していた。

古くは鋳物工場に働く東北からの出稼ぎ、そして在日朝鮮人労働者でまちが作られたと言っても過言ではない。一九六二（昭和三七年）に公開された吉永小百合主演の「キューポラのある街」で朝鮮に帰国する人々への送り出しが画面に大写しになるぐらい在日朝鮮人が当時も現在も多いところだ。

今は、中国人やフィリピン、そして一時イラン人も多く住んでいる。

そんな川口のもう一つの顔を前面に出し、国際交流というテーマで広場を利用・活かすことも「まちづくり」の一つだという思いでいたのだ。

企画には様々な国籍の人に呼び掛けると同時に、僕は韓国、朝鮮のブースを確保した。その上で、アイヌのブースを考えた。一つはアイヌの飲食販売、一つはアイヌ文化の紹介だ。

テーマは「国際交流フェスティバル」。各国の特産物や食事を提供するブースと中央広場では参加各国の民芸芸能の披露、ブースの広場ではその国の遊び等披露するという趣旨で公募した。

韓国、朝鮮のブース利用と公演は僕の方から依頼した。

アイヌブースは、僕が子供の時から集めたアイヌ石器や矢じり、そして東京駅八重洲にあるアイヌ交流館から資料を借り出し、アイヌ料理に関しては東京唯一のアイヌ料理店に依頼した。

問題は、民族伝統芸能だった。

僕は、キタさんの子供であるアッシ君とミナちゃんに伝統芸能を頼もうと思い立った。

ミナちゃんは、当時アイヌレベルズというグループを率いて、多忙の時だった。

久しぶりの再会で、まず青木悦子さん夫婦と会い、食事会を居酒屋でひらくことができた。その時はミナちゃんアッシ君たちとは時間の調整がうまくつかなかった。

頻繁に連絡を取り、やっと全員の調整が出来て川崎で再会をはたした。家族同士でも悦子さん夫婦とも久しぶりという再開で、僕も双子の妹を同伴しての会食だった。

長女はアッシと同い年、ミナちゃんとも同い年だった。

前回は悦子さんとの話で怒らせてしまった。自分の生涯を記録しておいてという僕の言葉に、悦子さんは激怒した。私は死ぬことを考えていない、というのがその時の悦子さんの激怒の言葉だった。だが、そのあとすぐに悦子さんから侘びの言葉をもらった。「ごめんね。ちょっと言い過ぎた」気遣いのある人だった。

この時の皆との会食は楽しかった。話は途切れることはなかった。思い出と、現在のこと、そしてこれからのこと。

悦子さんとは年齢の話で盛り上がった。僕は昔、年齢のことで馬鹿にされるのが嫌で、五、六歳さばを読んで人と接していた。若いとどんな正当なことを言っても年上に馬鹿にされるのだ。

悦子さんも、僕が年上と思い相談に来ていたのだが、僕が彼女より年下だと分かった途端、腹を抱えて笑い出した。真剣に相談に来た、過去を思い出したのだろう、暫く笑っていた。

車椅子で来ていた彼女に、足の具合を尋ねた。電話では突然足が動かなくなったと言っていた。リハビリはやっているのかと聞きながら、彼女の側に行って足をさすってみた。竹のように細くなっていた。

動きが取れない彼女に、車椅子から生活まで面倒を見ていたご主人の青木さんには敬服した。楽しく過ごした会食だったが、アッシ君とミナちゃんに川口のイベント参加をお願いした。悦子さんにもその時は見物でもいい、ミナちゃんの演技を見に川口に来ることを約束してもらった。

川口駅は川崎駅と違い、階段スロープ上昇機器ではなくエレベーターがホームにあり、駅から公園のゆるやかなスロープを通って、車椅子で悦子さんの好きなレバ刺しの旨い店にも案内できる。

それは約束事として、川口での再会を期待していた。九月のことだった。それから一カ月も経たないで、悦子さんの死の知らせが僕の元に届いた。

それはショックだった。ついこの間会って、川口のイベントを心待ちにしていたのに、死ぬなんて。

その時の僕は、頭が混乱していた。ただ連絡を受けた前夜、晴れわたった空を見上げて、まん丸の満月の月を悦子さんも見ているだろうと漠然と考えていたことを思い出していた。

悦子さんの葬儀に参加した。川口から翼君の運転のワゴン車に乗って横浜の斎場まで行った。斎場には悦子さんが自分の履歴を語るビデオが流れていた。式では、キタさんの山谷での戦いを紹介するウタリがいた。僕は裏方で式の進行係を務めていた。

アツシ君とミナちゃんには、川口でのイベント参加をお願いしていた。悦子さんへの追悼として、アイヌの集まりである「ペウレウタリ」の追悼集には僕も一文を送った。

葬儀の時、僕はキタさんと妹の悦子さんの二人を送ったことに、得も言われぬ悔しさと寂しさに苛まれていた。

お袋さんももういない。『イフンケ（子守歌）』に追悼文を書いてくれ人、僕に電話をくれた親族も、もう誰もいない。何も無くなってしまう虚しく乾いた感覚が外吹く風にあおられ、揺らぐ燈火のように僕の心にそよいでいた。

だが、僕の風景の前に子供たち、次の世代が現れている。そんな感覚が僕を勇気づけた。悦子さんに対して「ペウレ・ウタリ」の追悼集に、また会おうという一文を載せた。

「……かつてキタさんに、僕も十勝で暮らしていたことがあるので、「十勝の空の下で同じ空気を吸っていた時があったんだよな」と言うと、キタさんはなぜか遠くを見て何かを記憶の中から探り出すようにしていた。そんなときのキタさんの顔の表情を思い出した。

キタさんも悦子さんも、心の中には常にチロットコタンの心象風景が写っていただろう。

色々な事情があって故郷を出て東京で働くことになっても、それまでは連なる山脈の上に広がる青空を仰ぎ、冬には凍てついた雪面に映える眩い陽の光に目を細め、夜はストーブを囲み母の暖かさに包まれていた。心に育まれたチロットコタン、故郷のアイヌモシリに悦子さんは帰っていったのだと、今僕は思っている。

今、コタンを囲む白樺をつたう風の群れが、たおやかに梢を揺らし、モシリに眠るウタリに優しくイフンケを奏でているだろう。

悦子さん、知っているウタリが居なくなって寂しいけれど、残されて生きているこの世で、再度またウタリのために自分に出来ることをしていくよ。

そして、また会おう。

スイ　ウヌカラ　アン　ロ」

一一月二三日、「国際交流フェスティバル」は始まった。

韓国・朝鮮両国主催のブースは広くとられていた。韓国のオモニたちが軸になっているブースの売り上げの目的は同胞の旅行資源だという。朝鮮・総連のグループは民族学校支援金の確保だという。それぞれが頑張ってくれた。

僕の受け持つもう一つのブースはアイヌ料理。水物が多かった。そしてアイヌの歴史。それは今のアイヌの現状を説明する場でもあった。パネルや資料は八重洲にあるアイヌ文化交流センターからお借りした。

会場は、アメリカ、ロシア、フィリピン、チリ、モンゴル等、それにコリアン、アイヌも参加している。

開会冒頭、商工会会頭がアイヌの参加を案内したのは印象的だった。川口市民にもアイヌは初めての出会いだったのかも知れない。

会場中央の演舞場では、各国の民族舞踊が披露され、民団は農舞踊、総連は民族学校の演舞が披露され、チマチョゴリが市民の目に焼き付いていたようだ。

アイヌ演舞はアッシ君、ミナちゃんたちが頑張ってくれた。鶴の舞は生き生きとして見ていて楽しかった。

日が暮れ、この場所から市長が市内のイルミネーションを灯す会場になったのだが、意義のある催しだった。

「国際交流フェスティバル」はその後も続いたのだが、商工会議所の予算不足という結果をもって二〇〇九年で終了した。世の中ではデフレが続き、参加企業の不景気感が商工会場所の運営にも影響を及ぼしていた。

僕のささやかな活動は市との共同事業での活動と、その後二〇一二年の加藤登紀子コンサートで川口市民フォーラムぐらいだろう。

二〇一三年、その前のコンサートを受け、毎月一回一年間「まちづくり」をテーマに勉強会を続けることが出来たのは成果だったが、二〇一四年での総括作業中、自分の高血圧対処剤の副作用で会議の内容を覚えていないという失態で会議が終了してしまった。

残念だったが、その結果に茫然としていたというのが実態だった。その年にヘルニアの施術で入院したり、血尿対処で腎臓の施術をすることなど続いてしまった。

物事を続けるのは気力ではなく体力であることをつくづくと感じたものだ。それは、商売でも同じことかもしれない。

ピョンヤン訪問とテコンドーとの一六年

僕が韓国を発祥地とされるテコンドーに出会ったのは、アントニオ猪木がピョンヤンで主催したプロレスの公演に参加した時だ。

それは一九九五（平成七年）四月二七日から五月二日までのツアーだった。この時のツアーは名古屋からの直通便でピョンヤン空港まで行った。

飛行機はロシアからのおさがりで旧式のものだった。椅子も硬く、強風には翼がきしんでいた。しかし運転は朝鮮空軍出身のベテランらしく、飛行機が揺れても安心して乗ることができた。

現地では小さなマイクロバスに我々の班が招集された。他の班は大型のバスだったので、それなりのいわくつきの班だったのかもしれない。明治学院大学の先生、ＮＨＫ名古屋局のアナウンサーもいたが、モランボンの社長や関係の人もいた。

それまであまり知らなかった落語家の立川志の輔も同じ班だった。特殊に感じたのは、他の班では案内人が一人なのに僕たちには二人付いていたことだ。

案内人の一人が、その後付き合う日本でのテコンドーの創業者の一人で、市内巡りの中でそのテコンドーを共に観戦した。

大きな体育館に案内され、そこで初めてテコンドーに出会った。

会場は広く、案内の進行通り演武が進められていた。手と足を生かした攻撃・防御わざだ。

テコンドーの組手や型披露では女性も多く演武に参加していて、何よりも発声が呼吸法から編み出されたという、呼吸法を取り入れた近代武術であることに妙に納得してしまった。そこでビデオを購入した。

このツアーの目的の一つは、家内ヨンジャの義理の妹が一九七〇（昭和四五年）に帰国してピョンヤンにおり、二〇数年ぶりに再会することだった。二人は無事に再会でき、伴侶となっていたご主人も在日の帰国者だったこともその時知った。

四人で囲んだ夕食は、二人の昔話にとどまらず現在の生活や子供のことで盛り上がった。

次の日、ご主人が出社すると上司からあまり内輪の話をしないよう注意されたそうだ。おそらく大雨で大同江が氾濫し、多くの死者が出た話だろうと思うが、盗聴されているのに驚いたものだ。

市内見学は朝早くから始まり一日が終わる頃には疲れ果ててしまうので、途中からは皆で案内人に交渉し、朝の出発時間を遅らせてもらったり、市内見学の行程を緩くしてもらうようにお願いした。

ピョンヤンで驚いたのは外国客の多さだった。考えてみれば北朝鮮は一〇〇国以上の国と国交を結んでいる。外国人客が多くて当然なわけだ。なかでも、当時カナダからの観光客が多かった。

アントニオ猪木が呼び掛けたプロレスは、メーデースタジアムで行われたのだが、会場が広すぎてリングが小さく感じるほどだった。

スタジアム観覧席は満員で、僕たちはスタジアムの中の椅子席で試合を観戦した。試合では米国選手が投げられるたびにスタジアムからの歓声が沸き上がり、この国のアメリカへの感情を感じることが出来た。それにしても敵国アメリカ人が北朝鮮で試合をしているという光景は傑作だった。

試合が終わり、参加していたプロレスラーが車に乗り込む最中に出会い、後で夫婦になったカップルやテレビでしか見たことがなかった選手を目の前で見ることが出来た。

立川志の輔は、出会った時から話術の旨い面白い人という印象で、気さくに色々な話に乗ってくれた。彼を見つけて人が集まってくる。特に女性が多かったので彼に聞くと、ラジオで番組を持っているということだった。

その時初めて知名人であることが分かった。最後まで僕たちを笑わせてくれる楽しい人だった。

ピョンヤンでは、僕たちを歓迎する盛大な歓迎パレードを催してくれた。なかでも子供たちのマスゲームは圧巻で、広いスタジアム一杯に繰り広げられる。

幼稚園児から小中高のマスゲームは、よく訓練され統制が取れていた。広い競技場一杯に学生たちが展開していたので、人数も相当な人が動員されていただろう。

マスゲームは競技場のなかだけでなく、スタジアムでも繰り広げられていたので、その動員力と統制力には、その良し悪しは別にして感心した。

僕が見とれて、膝を乗り出して見入っている傍で、ヨンジャがハンカチであふれだす涙を拭いているのに気付いた。

慌てて「どうしたんだ」と、声を掛けた。すると、「あの子たちを見ていたら、自分の幼いころを思い出して、自然に涙が出てきたの」という。

「私が子供の時、友達は皆、片手がなかったり、片足が無かったり、親がいなかったり、そんな子たちばっかりだった。今、目の前の子供たちの笑顔を見ていたら、絶対戦争はしちゃいけない、そう考えただけで涙が出てきてしまったの」涙を拭きながら語ってくれた。

考えてみると、ヨンジャも父親も行方不明、母親は朝鮮戦争で離婚されて両親がおらず、気づいた時にはハルモニに育てられていたのだ。妹も朝鮮戦争の渦中で死んでいる。そんな時代だった。僕は、改めてチョゴリを着て踊る子供たちの笑顔に見入った。統制されて踊っているというより、精一杯の笑顔を届けるというけなげな気持ちに、心が動かされた。

何故か心に残る風景だった。

ピョンヤンの朝は五月前後とはいえ、ホテルの窓を開けるとヒヤッとする寒さだった。懐かしい寒さだと思って考えてみると、北海道の札幌と同じような緯度にあるのだから当然だろう。マイクロバスの窓から見えた街の境にある道路を渡る子供たちは、日本の昭和三〇年代の鼻水をたらした子供の姿で、ほのぼのとした風景だった。

泊まっていたホテルは古い建物で、よく停電があり、浴室もお湯がなかなか出てこない代物だった。

一階に店があり、その店を覗いて奥に置いてある靴を頼むと投げてよこすのにはびっくりした。当然と言えば当然なのだが、共産圏ではサービス概念が無いのだ。

空港では、日本のセブンスターも売っており、評判の良いタバコだという。

板門店にも行ったのだが、高速道路を進んでも進んでも周りは土と岩だらけで、そこにポツンと野菜が寂しそうに植えられていた。朝鮮戦争の爆撃で自然が破壊されたままの風景だという。

板門店では、会議室風の建物と建物の間にブロックが横に並べられており、そこが三八度線だという。会議場に入ったがその三八度線をまたいで建てられており、建物の窓からは韓国の兵隊が覗きに来ていた。

国境にせよ軍隊にせよ、武器を持って殺し合わなければならないことが、小さなブロックが並べられた三八度線を眺めながら不合理に思えてしょうがなかった。

ピョンヤンに行くまで、韓国の海岸線から陸地を見ても緑豊かとは思えなかった。それは北朝鮮を空から見ても同じことだった。

ただ、ピョンヤンからの帰り日本海を渡り日本に近づいて驚いたのは、五月なので新緑の季節ということもあるが、飛行機の窓から目に入る日本の景色が全面緑だったことだ。

土と岩だらけの風景に見慣れていた僕には、いきなり広がる緑に圧倒され、日本という国のありがたさを感じていた。

そんな朝鮮体験とテコンドー体験をして暫くすると、次女がテコンドーを始めたという。別に勧めたわけではないが、本人が選んで道場に通っていた。

民族学校の高校生で全日本大会の型で優勝し、東アジア大会では本場北朝鮮の選手を破り優勝してしまった。僕にとってもびっくりすることだった。その年の武道年鑑に次女の名前が載っていた。

二〇〇〇（平成一二年）の春、僕のところに二人のテコンドーの師範が訪ねてきた。

埼玉に道場を作りたいことと、埼玉大会を企画し実現するのに国際テコンドー連盟（ＩＴＦ）埼玉テコンドー協会の設立とその会長になってほしいということだった。

在日の構成員が多いテコンドーの組織で、行政の認証をもらうには日本人の代表者が有利だという。暫く考えて引き受けることにした。

テコンドーの全国大会で（後列中央）

以来、二〇一六（平成二八年）に職を辞すまで一六年間会長をやっていた。川口市・蕨市テコンドー協会の会長でもあった。

二〇〇〇年に開催され埼玉大会の第一回は盛況で、年々大型化して日本で一番大きな大会になった。ただ、大型化すると会場の確保と試合運営が難しくなり、一日で終わらせる大会として適正人員の選手の参加にとどめるようになった。

全国大会は道場と選抜での大会で、ある程度の参加選手の制約があるが、埼玉大会は何の制約もなく国籍も関係ないので、外国籍の選手も多く参加してくれて、見ていて楽しい大会でもあった。

一度カナダのチームが参加して、僕も日本語と英語での挨拶をした。両国語での挨拶が長引いたため進行に支障をきたすと、挨拶の途中で「お早めに切り上げてください」というメモが回ってきた。

カナダからの選手とは仲良くなったが、驚いたのは選手の年齢幅が広く、年少者から老人までいたのは驚いた。日本的な武道というより、西洋のスポーツの感覚だった。

カナダの選手とはその後も交流があり、ＩＴＦ総裁の死去を追悼する二〇〇三年の大会ではカナダまで行き、選手たちと交流し楽しかった。

カナダののんびりとした風土、そこでは選手を含め生活に余裕が見えた。

カナダは、いわゆる消費税は高いのだが、使われる目的が医療、教育、道路整備等はっきりしているので納得がいく。

日本の場合、何に使われるのか分からず、その都度名目を付けて強制されている感が強い。それでなくとも、知っている外国の友人たちは、日本は税金が高くて住みずらいとアメリカ、カナダ、オーストラリアにそれぞれ移住していた。

日本人は日本に住んで当たり前と思っているが、外人にとっての日本は何にでも税金がかかり高い。しかも日本の消費税は、平等という意味では貧乏人の日常生活必需品から強奪する悪税である。カナダでは高額でも納得できるものである。

カナダや北欧、ヨーロッパの消費税は高いが、目的が明確で教育費も無料だ。これは子供は社会の財産で、社会が育てるという考えで教育や医療が無料になっているからである。

発想法がまるで違うのだ。カナダでは庭の剪定が大事な職業で、そのための学校がみんなの憧れでもあるという話も聞いた。

帰りのロッキー山脈の山並みの勇壮な連なりと、アメリカ農園の広大さを飛行機の窓から眺めることが出来たのは楽しい思い出でだった。

その後ＩＴＦが分裂して、カナダの選手と交流できなくなったことは残念だった。ＩＴＦテコンドーでは、有段者はハンムドーという護身術を覚えるが、僕も李副会長とハンムドーを始めて、数年続けていた。

テコンドーに関わって何が楽しかったかというと、練習や大会で若い人の熱気とエネルギーに向き合うことである。試合後にはそのエネルギーをもらって会場を後にする気持ちよさが一番の獲得物だったろう。

会長の間中、テコンドーの組織の改革に臨んだのだが、力不足で実現できなかったことは残念だった。

一六年間は、あっという間に過ぎてしまった。

僕は日本人、妻は朝鮮人、子供たちは朝鮮学校

子供たちに関しては最初、保育所は日本の保育所で育て、途中から順次朝鮮の幼稚園に入園させた。

当初、それまでは駅が出来たばかりで拓けていなかった埼京線戸田駅に近い何もない片隅に幼稚園が建てられており、子供たちは巡回して来る通園マイクロバスで通っていた。

幼稚園の方針は裸保育で、皆元気に校庭を走り回っていた。

園内では朝鮮の幼児歌謡が流されており、壁に掛けられている文字もハングル・朝鮮文字で、交わされる言葉も朝鮮語、そこにある空間はそのまま朝鮮だった。

僕自身は朝から夜中までの勤務だったので、小、中、高校までしつけや教育は一貫してヨンジャが見ていた。朝、弁当を作り、周りとの交流と習いごとを教えるため習字やピアノ、バレーにも通わせていた。

幼稚園には、地域通信誌「チョンソリ（鐘の音）」に載せる写真を撮りに時間のある時に園まで

カメラを持って通っていたが、園児たちには「カメラマン」という名称をもらっていた。通園、通学には特に支障はなかったが、長女を朝鮮小学校に入れる時、日本の小学校から校長をはじめとして日本の学校に入れるようにと、しつこいほど勧誘に来ていたという。しかし、当の主の僕が仕事で不在のため一度も勧誘にあったことがなく、僕はそのまま子供たちを民族学校に通わせていた。

家に来た校長は日本の学校に行かないことの不利益を言っていたらしい。民族や国境を越えて教育を受ける権利は人間に与えられた当然の権利と謳っている国際人権宣言を批准している日本が、対等に税金を払っているのにも関わらず、朝鮮人には教育を受ける権利も機会も与えず、しかも日本の学校に行かなければ不利益を被るというのは、教育者としても日本人否人間としてもおかしいのではないか。

外国人、朝鮮人は日本国憲法における日本人でないので権利がないという。日本人ではないが、対等に税金を払って国を支えている「国民」ではないのか。

国民国家のロジックを考えてほしい。国家も国民も近世の産物だ。ましてや民族、人種、部族も昔からあったわけではない。違いはいつの時代にもあった。違いを違いと認め合うことが、対等な関係を成立させるために必要なのだが、その対等でない関係を作ってきたのが近代のそして現代の持つ問題なのだ。

隣近所、普段何ごともなく付き合っている市民が、国籍が違うということで不利益を得る。ましてや当然の権利としての教育に差別を図るのは、教育を受ける子供たちにとって悲劇以外の何ものでもない。

学校参観にはヨンジャと分担して参加したが、当然なことだが、会話はすべて朝鮮語だ。気を利かした先生が、日本語で対応してくれた。日本人は僕しかいなかったのだ。

幼稚園の時、通園バスに乗ったのだが、古いマイクロバスでクーラーも効かず、走行中ドアが開いたりする始末だった。何よりも狭く敷かれた椅子はボロボロの木で硬く、自分が座っても不安定で子供たちが可哀そうだった。

日本人に呼び掛けて、朝鮮人の教育を受ける権利を守り、日本人の側から教育を守る運動を起こし、その基金でバスを買いたいと思い、その一環としての地域通信誌「チョンソリ」発行した。そして、県本部に理解を求めようとして行ったのだが、日本人が作る「基金」の話し合いはうまくいかなかった。

その代わり加藤登紀子のコンサートが成功して、通園バスは買うことが出来た。一九八九（平成元年）のことだった。名前も地域通信誌で使っていた「チョンソリ（鐘の音）」号だった。チョンソリ号は排気ガス規制が出来るまで、県南の児童たちを乗せて走っていた。

自分と子供たちの関係は、仕事とはいえ僕が面倒を見ることが少なかった。全てがヨンジャに任せっきりで、せめて休みの時に連れて歩くことしかできなかった。

休みには、長女を連れて、大好きな電車を見せに荒川陸橋に連れて行ったり、駅縁《えきぶち》から行き交う電車を見せて歓声を聴いたりすることが多かった。自伝車で一日連れ回したせいか、次の日必ず熱を出すとヨンジャに怒られたりもした。

街中なので、少しでも緑と土のある所で遊ばせたいと思っていた。僕が育った田舎、自然が人間の傍にあることを知ってもらいたいと思っていた。子供三人を自伝車にのせ（一人を背負い、二人は自転車の前後に載せ）荒川縁の桜の木の下で遊ばせたり、強風に煽られ必死に陸橋を渡り、赤羽岸の土手で営まれていたゴーカート場でカートの車に乗せるためにわざわざ行ったりもした。

家では三人の子供と風呂に入り、一緒に大声で歌ったりもした。調子に乗って延々と繰り返し歌っていた。後で分かったのだが、風呂の換気はその階で繋がっており、大声と騒ぎはそのまま近隣の迷惑になっていたようだ。

川口市に来てパチンコ店の営業を見ていた時のことだった。

会合でオモニたちから、朝鮮学校の生徒には学割の定期が発行されないのは、不平等で不当だという話があり、一度ＪＲと交渉しようということになった。実際、交通費にかかる家計の負担も大きい。

支部全員が参加し、各駅に分散して一斉に署名集めをしようということになった。僕も参加して川口駅前で署名活動に入った。数日間立ち尽くした。

声を出して呼び掛けるのだが、通行人にはうちのパチンコ店の常連が多い。三〇〇台で遊ぶ客が目の前を通る。そして僕と気づくと声を掛けてくる。

僕は日本人だが家内は朝鮮人で、母親の国の言葉と歴史を教わり、子供のアイデンティティを得るために朝鮮学校に行かせている。

ところが朝鮮学校には、親たちが日本人と同じように税金を払っているのに一切の補助がない。学割もない。そこで今回、日本の学生と同じように学割を利かせてほしいという請願を持ってＪＲに行くのでサインをお願いしたい、ということを説明した。

店の常連が絶えず声を掛けて来て、僕が日本人であることから始めるセリフを繰り返すのに僕自身疲れてきてしまったので、ハイ、僕は朝鮮人、署名をお願いします、と簡略してお願いすることにした。その方が簡単で、あごの疲れも軽減された。そのことがあり、それから僕は朝鮮人と思われているようだった。

署名活動が終わった夜、支部の中で反省会が開かれた時に、署名対応の話を紹介し、日本人であることを外して今回の署名活動をしたことから、今日から僕は朝鮮人になりました、と述べると拍手と笑い声が起こった。和気あいあいとした仲間意識がそこにあった。

子供たちも中等部になるとチマチョゴリで登校していたが、高等部だった長女が電車の中でチョゴリを切られる被害にあったことがあった。日本人の差別意識の極みだが、その被害を当時知り合いの埼玉新聞の報道部長に相談したことがあった。

部長曰く、この手の報道は難しいという。事実を伝えるのは簡単だが、模倣犯が必ず出てくるので報道の仕方を考えたいというのだ。当時、近隣都市で朝鮮の男子生徒が日本の学生たちに暴行を受けた事件と絡めて報道したいということだった。

報道も、公平に事実を伝える新聞の社会的立場ではあるが、報道の仕方に気を配らざるを得ない現実があることを思い知らされた。

暴行の報道も、ただ事実を報道するだけでなく、ことばでの行き違いでのケンカなのか、一人に対する集団暴行なのか、経緯まで書かなければ事実を伝えられない。日本人と朝鮮人のケンカで怪我をしただけでは、よくある話で終わってしまう。

朝鮮人学生へのチョゴリ切りの犯罪行為は、朝鮮人、女性に対する憎むべき行為だが、それを真似する愉快犯がいることに、ある種の恐怖を感じた。愉快犯が切ったのはチョゴリだけではなく、その心までその刃が届いているのだ。子供はしばらく、電車に乗るのが怖いと言っていた。

ある日近くの飲食店で食事をして店を出るとたまたま長女と出会った。いつもはアボジというのだが、いきなり「アッ、お父さん、この人たちがお金を貸してほしいというのですが」と言い、その傍に二人の女学生が立っていた。

すると、その二人は「やばい」と言って、いきなり走り出した。当時の自分はひげを生やし、サングラスとスーッ姿で、見方によってはその筋に見えたかもしれない。

カツアゲに気づかれ逃げる二人を追いかけたが、逃げ足が速かった。路上で、娘がカツアゲされた現場に立ち会ったのだ。その時も娘はチマチョゴリだった。

逃げた二人は大人になって、どんな人生を送っているのだろうか。生活が苦しかったのだろうか。それでも、その対象がチマチョゴリというのは許せない。

ヤクザ風情で思い出すのは、当時乗っていたのがフォードのマーキュリーモナークで、酔うと何故か車に乗りたくなり、深夜車を飛ばして走り出していた。

特に排気量が高く、信号待ちでアクセルを踏むと後ろの車が小さく見えるぐらいの馬力があった。それが楽しみで乗っていたところもある。

ある日の夜中、酔って飛ばしていると西川口の前で検問にあってしまった。まずいと思ったが従わなければならない。検問の警官は僕を見て差し出した免許書を戻したうえで、今日は免許書の確認ですと言い、そのまま放免された。

今では考えられないことだが、ひょっとして飲食街が多くヤクザの多い西川口に配慮したのかもしれない。

僕はそんな風情だった。当時の眼鏡も偏光ガラスで、ライトを当てるとサングラスに見えたのかも知れない。そしてひげもはやしていた。

僕がひげをはやすと、組合の集まりに来ていた経営者も髭をはやすようになった。市役所の待合で、ひげをはやしたイラン人に僕のひげが賞賛されたが、それは自慢していいと思うが、子供たちには不評だった。

子供たち三姉妹の生き方

ところで、子供たちは部活動を楽しんでいたようだ。三女はカヤグンをやっていた。朝鮮琴だ。長女は独唱で全国大会にも出て賞ももらっている常連だった。

ある時、全国大会に出る前に練習のため僕たちの前で歌ったことがあった。初級部（小学生）の時だった。歌がうまく、毎年在日学生の全国大会に参加していた。

唄う歌は、コヒャン（故郷）だったと思う。

大会の前日、僕たちの前で歌う練習では前歯が取れかかり、歯が口先でぶらぶらして出す声に合わせ揺れている状態だった。本人はまじめで真剣に歌ってくれているのだが、開ける口の先の前歯を見て、僕もヨンジャも口には出せず、笑いをこらえるのが辛かった。

そのまま抜いてしまうと、発声する音に影響するのではないかと危惧したので、何も言えずにいた。

それでも賞をもらったのだが、立ち会った審査員の評価する苦労を思い知ったものだ。最も、舞台から離れた場所からは歯の動きが見えなかったのなら、正当な評価だったと思うが。

僕と子供たちとの付き合いは、僕の休みの時には必ず車で大宮の学校に迎えに行くというものだった。

当時外車に乗っていた僕には子供たちから、校門の前には止めないでくれという注文があった。周りに気遣う風紀上のことがあったのかも知れない。

そんなことにはお構いなしに、毎回迎えに行った。帰り道、学校の近くの店でハンバーグを食べるのが楽しかった。また、川口に戻り行きつけの焼き鳥屋で皆と焼き鳥を食べるのも楽しみの一つだった。

僕の子供たちとの付き合いは、そんな風なものだった。

子供たちは、やがて朝鮮高校に進学し、それぞれ大学に進学した。朝鮮籍だった長女は上智大学比較文化学部に入学し、日本籍の双子の次女と三女は小平にある朝鮮大学に進学した。

次女は美術科、三女は保育科だった。朝鮮籍の長女が日本の大学、日本籍の双子が朝鮮大学という妙な組み合わせだ。

三女は、それまではあまり勉強もしていないと思っていたが、大学に入り図書館に詰めて勉強し、資格を取り、卒業後は朝鮮大学生として初めて日本の保育園に就職した。

その保育所の理事長は北朝鮮に理解があり、その上保育園は知的障碍者と一緒に保育するという理想的な保育園だった。朝鮮大学からは三女ともう一人の子が就職した。

健常者と障碍者が一緒に保育を受けるというのは、あまり聞いたことがなく、園の理事長の運営方針も子供たちを分け隔てなく保育するということで徹底していた。

子供たちも自然に付き合い遊んでいた。そこでは違いを違いと認め合うが差別はなかった。子供たちもそれが当たり前のようで、そこには子供たち同士、助け合う事以外何の違和感も感じられないようだった。

今の日本の社会では、そのような保育所に通わせるためには親の理解も必要なのかも知れないが、僕が見た風景は何処にでもある保育園だった。

僕が見学したのは、子供たちが忍者姿になり、健常者も障碍者も一緒になって陣地取りをしている授業だった。

それがその保育園の方針でもあり、園長も障害を一つの個性だと理解しているようだった。僕にとっては、朝鮮大学の保育科の卒業生を雇うことに対して、何の差別意識もないことがある意味では新鮮であり、そして驚きだった。

三女は、その地区の支部で、土曜日には在日の子供たちに朝鮮語を教えていた。

やがて神奈川県が新設した保護施設の主任として勤務することになった。場所は県境にあり、僕とヨンジャは園に挨拶も兼ね訪れることにした。

電車を乗り継ぎ、駅からも離れた不便なところにあって苦労してたどり着いた。

家庭内暴力等恵まれない子供たちを保護する施設だったが、驚いたのは乳児から中・高生までいたことだ。保育を放棄したのか家庭内暴力の被害にあったのか、乳幼児がいるのには驚いた。

三女はその施設まで毎日三〇分、自伝車で通っているという。末っ子で甘えん坊だった我が子だが、働く姿を見て成長したのだと感じた。

彼女は、やがて一人の男性を連れて来て結婚すると言ってきた。二〇一一（平成二三年）の暮れのことで、在日で好感の持てる青年だった。

翌二〇一二年の三月一日、都内で青年の両親とその兄夫妻と会い、一緒に食事をして何とかその日を終えた。実は、その二日前に愛犬を亡くしていたので、慌ただしい予定だった。

式に関しては、親戚一同韓国・朝鮮の人たちが集まる中、三女一人が日本名なのは会場で浮いてしまうので、幼稚園から一貫して使っていた名前の夫家で式を迎えることにした。

その旨を新郎のオモニに伝えると、うれしかったのか驚いた声が電話で伝わってきた。

結婚式は千葉市で行われた。東京でやることも考えたが、向こうのハルモニが一〇〇歳近かったので近場ということで、千葉市の駅の傍のホテルで行われた。

僕の方は、お袋と妹が参加してくれた。ヨンジャの方は義父母と兄弟が参加した。

僕の友人では八木ちゃんこと八木武彦、佐藤秋雄、大越輝雄、斎藤昭、そして生協の桑原さんにも来てもらった。

日本人には、朝鮮式の結婚式は初めてだったので驚くことも多かったようだ。会場を埋めるチョゴリの風景、朝鮮式の独特の入場、両班のしきたりを取り入れたようだ。陽気な進行そして音楽に合わせ皆環になって踊りだし、僕も参加した。

最後に新郎新婦から両親に送る言葉で、三女は日本語で感謝の言葉を送ってくれた。式は盛大に行われ、無事に終了した。

その三女は長女、長男、次女、次男と四人の子供を産み、僕たちにはいきなり四人の孫が出来たことになった。式に参加した日本の友人たちは、普段見る日本の結婚式との違いに興奮し喜んでくれた。

次女は二〇一八（平成三〇年）一〇月に韓国の青年と結婚して、韓国スウォン市のアパートに住むことになり、日本に作った会社があるため半月ごとに日韓を往復している。

結婚式はソウルで行われた。式の前に古式のチョゴリ正装で控えの間で両親を迎え、古式挨拶と、両親の投げる果物を新郎新婦が受けるという儀式を行い、記念写真を撮る。結婚式は韓国の現代風で写真撮影が主だった。

在日と韓国人との結婚で多いのは、一度韓国で挙式した後日本でもう一度行うのだ。韓国では韓国人の友人、身内が集まり結婚式を行い、日本では韓国の式に出られない在日や日本の友人・知り合いが参加する結婚式になる。

結婚式の前に、新婦の両親が日本に来て僕たちと初の顔合わせが行われた。その時に、僕たちが参ったのは、僕たちが新郎の両親より年上だったことだ。

韓国・朝鮮人社会では儒教の影響で上下関係が厳しい。初対面で両親が緊張してガチガチで、食事にも手を付けないでいた。確かに、韓国語でも上下への言葉使い方が違う。

上司に友人のような使い方をすると失礼に当たる。親に対してもそうだ。だから自分の会社でも、電話では自社の社長も部長も社長様、部長様という。日本人には分かりづらい社会システムで、儒教の名残りだ。

だから緊張して対応する新婦の両親に対して、反対にこちらが参ってしまった。食事もほとんど食べないでいる。もっとも、初顔合わせから解放された彼の両親が子供との都内見物では、その分楽しんで色々食べて歩いいたということを聞いて、安心した。

ところで、韓国ではアパートというのは日本のマンションのことで、地震がほとんどないので皆高層アパートだ。

若い人は賃貸で二年契約、保証金は日本のマンションを買うほど高いのだが、退室の時全額返ってくる。

マンションを貸し出す人は、その保証金を運用して利益を得ているようで、退室の時には全額返しても利益が残るシステムになっている。

次女は大学を出て、色彩検定の資格も取りながらデザイン等の会社に入り、韓国のウェブ関連の日本法人の立ち上げに参加した後、その実績をもとに自分の会社をたちあげた。

僕は三年前、三六年間務めた会社を次女の会社の委託業務として、相談役に就いた。子供が心配の親バカなのかもしれない。

長女は日本の青年と二〇一九年三月に結婚して東京で生活している。

長女は日本籍になり、相手も日本人なので普通に日本式で行った。両親が北海道の函館の人で、僕の生まれた洞爺湖にも近い。しかも父親が僕と同い年だった。

結婚式では、北海道から来た親戚も多く、僕らのテーブルのチマチョゴリには驚いていたようだ。事前に説明はしていたのだろうが、僕の孫たちが式の祝いのパフォーマンスでチョゴリ姿で日本の祝いの歌を歌った時には、会場が盛り上がったのは嬉しかった。

会場にお酒を注ぎに廻った時、僕の小学校時代通った荻伏小学校の先生を勤め、また同じ町の野深の先生をしていた夫婦に出会った。新郎の親戚だという。奇遇と言えば奇遇だ。後日、荻伏時代の同級生で親友の消息を調べるのに、同学年の卒業生名簿のコピーを送ってもらった。

長女は日本の大学を卒業して外資系の医療機器会社に就職し、営業成績もよく海外ツアーに家族で招待された待遇だったが、自分がやりたいことがあるといってその待遇の良い外資系の会社を辞めて大学院に入り直し、国家試験を受けて言語治療士として病院で勤務していた。

生まれた時には朝鮮籍にしていて、大学に入る時には朝鮮籍のままだったが、海外のホームスティを経験したり、交換留学生で韓国に留学することもあったりしたことから韓国籍に変更した。だが、これからの日本での生活を考えてヨンジャと相談したらしく、大学卒業時には日本籍になっていた。大学選びも、日本帰化もすべて本人が自分で判断したことだ。

ヨンジャは、永住権をもらい朝鮮籍のまま今日に至っている。

それまで外国人に出されていた外人登録証は廃止され二〇一二年から「在留カード」携帯が義務化された。

永住権とは住居資格では永住者で在留期限の制限がないが、「在留カード」は七年ごとの有効期限となっている。永住権と銘打っているが七年ごとに更新され、国益にそぐわなければいつでも資格はく奪が可能な許可制なのだ。

僕自身は二〇二一年春、病気で入院し手術を受けることになったが、元来のノー天気な性格から か、手術の翌日には散歩をしていた。

手術後の自宅静養も、コロナ禍でのホームワークよろしく自宅のパソコンで会社のブログ制作等の作業をしたり、インターネット販売で、川口市周辺のマンション等のポスティグを朝五時から行っている。

また、それまで忙しくてたまにしか出れなかった十年前から続けている経産省前のテント村の

「反原発座り込み」には、毎週水曜日に参加し、金曜日には文科省前での「高校授業料無償化即時適用！　朝鮮学校を高校無償化から排除するな！」の抗議行動にも参加している。

あとがきに代えて

戦後生まれの僕たちには、戦禍の爪痕《つめあと》は食量不足、物不足であり、それは戦争に負けたからではなく戦争それ自身の結果だった。

負傷した傷痍軍人が白衣を着て道端に座り物乞いをしていた。戦争で手足をなくした人も周りに多かった。軍人・民間人を問わず、身内を戦争で亡くした人が多かった。

当時、仕事を終えた親父のところに同僚や町会の人が集まり、安い酒で宴会を始めていた。親父の傍で為す術のない幼い僕の耳には、大人たちの戦争の話が入って来る。幼い僕でも理解できる。

軍隊の話、戦地での話、人を殺し殺される話、僕の目の前に戦争があった。

勝った負けたでは済まない戦争の犠牲のことを考えると、ゼロから出発した日本は世界平和の礎になる平和憲法の下で、日本の針路は決まっていたかに見えた。

日本国憲法は理想を目指した憲法だった。僕たちはそんな理想を実現する国づくりの一員だという自覚があった。

僕たちは不安もなく家族で幸せに生きることを、この世に生きてきた課題に据えて生きている。

日本国憲法も第二五条の生存権、国の社会的使命という項で、国民が最低限の生活をする権利を有し、国がその義務を負うということを明記している。

だがしかし、僕たちは戦後の国作りを見る中で、国民が不安もなく家族で幸せに生きることと国作りのあり方の乖離を感じながら今まで生きてきた。

連れ合いと幸せに暮らすこと、そして子供たち、孫たちに不安もなく家族で幸せに暮らせるものをどう残していくのかを、今考えている。

二〇一二年六月、ブラジル・リオデジャネイロにおいて、地球サミット二〇一二（国連持続可能な開発会議）が開催された時のことである。

以下の平易でシンプルな問いは、理想的な答えを期待していた参加者、特に裕福な国から参加した人々にショックを与えたと思われる。それは、自分たちが当たり前と思っている立ち位置に対する根源的な問いだからだ。

「午後からずっと話されていたことは持続可能な発展と世界の貧困をなくすことでした。私たちの本音は何なのでしょうか？　現在の裕福な国々の発展と消費モデルを真似することでしょうか？質問をさせてください、ドイツ人が一世帯で持つ車と同じ数の車をインド人が持てばこの惑星はどうなるのでしょうか。

息するための酸素がどれくらい残るのでしょうか。同じ質問を別の言い方ですると、西洋の富裕社会が持つ同じ傲慢な消費を世界の七〇億～八〇億人の人ができるほどの原料がこの地球にあるのでしょうか？　可能ですか？　それとも別の議論をしなければならないのでしょうか？

なぜ私たちはこのような社会を作ってしまったのですか？

マーケットエコノミーの子供、資本主義の子供たち、即ち私たちが間違いなくこの無限の消費と発展を求める社会を作って来たのです。マーケット経済がマーケット社会を造り、このグローバリゼーションが世界のあちこちまで原料を探し求める社会にしたのではないでしょうか。

私たちがグローバリゼーションをコントロールしていますか？　あるいはグローバリゼーションが私たちをコントロールしているのではないでしょうか？

このような残酷な競争で成り立つ消費主義社会で「みんなの世界を良くしていこう」というような共存共栄な議論はできるのでしょうか？　どこまでが仲間でどこからがライバルなのですか？

このようなことを言うのはこのイベントの重要性を批判するためのものではありません。その逆です。我々の前に立つ巨大な危機問題は環境危機ではありません、政治的な危機問題なのです。

現代に至っては、人類が作ったこの大きな勢力をコントロールしきれていません。逆に、人類がこの消費社会にコントロールされているのです。私たちは発展するために生まれてきているわけではありません。幸せになるためにこの地球にやってきたのです。人生は短いし、すぐ目の前を過ぎてしまいます。命よりも高価なものは存在しません」

そして彼は続けます。

「石器時代に戻れとは言っていません。マーケットをまたコントロールしなければならないと言っているのです。私の謙虚な考え方では、これは政治問題です。

昔の賢明な方々、エピイロス、セネカやアイマラ族までこんなことを言っています。

貧乏な人とは、少ししかものを持っていない人ではなく、無限の欲があり、いくらあっても満足しない人のことだ、と」

「みなさんには水源危機と環境危機が問題源でないことを分かってほしいのです。

根本的な問題は私たちが実行した社会モデルなのです。そして、改めて見直さなければならないのは私たちの生活スタイルだということ」

「私の同志である労働者たちは、八時間労働を成立させるために戦いました。そして今では、六時間労働を獲得した人もいます。しかしながら、六時間労働になった人たちは別の仕事もしており、結局は以前よりも長時間働いています。なぜか？　バイク、車などのリポ払いやローンを支払わないといけないのです。毎月二倍働き、ローンを払って行ったら、いつの間にか私のような老人になっているのです。私と同じく、幸福な人生が目の前を一瞬で過ぎてしまいます。

そして自分にこんな質問を投げかけます、これが人類の運命なのか？　私の言っていることはとてもシンプルなものですよ。発展は幸福を阻害するものであってはいけないのです。発展は人類に幸福をもたらすものでなくてはなりません。愛情や人間関係、子どもを育てること、友達を持つこと、そして必要最低限のものを持つこと。これらをもたらすべきなのです。

幸福が私たちのもっとも大切なものだからです。環境のために戦うのであれば、人類の幸福こそが環境の一番大切な要素であるということを覚えておかなくてはなりません」

（打村明 訳）

講演したのはウルグアイの大統領、ホセ・ムヒカです。世界で一番貧しい国の大統領と言われている人です。

彼は七歳で父を亡くし、極貧生活の少年時代を経て一九六〇年代、極左都市ゲリラ、ツバマロスに加入した。大農場の富豪が国の富を独占し、多くの人が貧しい中で銃を持って戦い、一九七二年に逮捕され一三年近く収監されていた。出国時、彼は一三年待っていた同志の妻に農園で二人で働こうと手紙を書いている。そして今日に至るまで農村暮らしを続けている。

一九八五年に下院議員になり、二〇〇五年に農林水産大臣、二〇〇九年大統領になった。講演最後の言葉は、彼の獄中で考え至った言葉だと考えられる。

人は何のために生まれたのか、幸福になるためだ。彼の戦った目的を如実に語っている。殺し合いをしながら、何を目的としていたのかが、獄中での時間の中で思いが沈着していったのだと思う。

彼が大統領だから偉いというのではない、彼がその権限の中で何をしたのか。

「大統領はただの公務員だ」と言ってはばからず、公邸の住居を拒否し、給料一〇〇万の九割を慈善事業に寄付し、自分は一〇万で生活していた。

「私は貧乏ではない。質素なだけだ」

彼の政策も市場原理主義を批判し、反自由主義の立場を通し、同性結婚、妊娠中絶を合法化し、大麻・マリファナを合法化することで非合法で暗躍してきた大麻販売業者を断つことに成功している。農業学校も設立した。

欲望を煽り立てるシステム・資本主義には、彼は一貫して批判的な立場を貫いていた。

彼は獄中でひどい拷問を受けていたが、「私は、たとえ私たちにひどい仕打ちをした人々でも恨もうとは思わない」と、言い切っている。

それは、南アフリカにおいて反アパルトヘイト闘争で二七年の獄中生活を送り、やがて大統領にもなったネルソン・マンデラにも言える。

彼は黒人を差別・迫害した白人に対して「白人を含めた人民たちの融和」を謳っていた。

どちらも、共に生きている社会のシステムの矛盾が生み出した戦いであったことを述べている。ホセ・ムヒカにとっては富を独占する大農富豪、マンデラにとっては特権と富を独占していた白人に対するアパルトヘイトが闘争対象だった。

人間同士がいがみ合うのは本来の姿ではない。人は幸福になるために生まれたのだ。

人間の慾を増長させるシステムと、それを進める文明の怖さを、この二人は理解していたのだろう。それは長い獄中での思索の結果たどり着いた結論だったと思う。システムの害悪と、本来対等な関係の人間同士がそのシステムでいがみ合う関係を、暗示した言葉だった。

ホセ・ムヒカは言う。

「現状に不満があるのなら、行動を起こすべきだ。勇気をもって新しいことを提案してください。それは、あなたたちとその後に続く世代のために」

今、僕たちの世代は次の世代に、不安のない幸福な生活を送る権利を譲渡できるのだろうか。いつもそんなことを考えている。

漠然とはしているが、僕の送ってきた子供時代は、生きることへの不安はあったが、親の思いやりで過ごすことが出来た。

そして目の奥が輝いていた青春時代、国の在り方と社会の矛盾を感じ、これからの日本の歩む未来への不安と差別の横行する社会への抗議の戦いを始めた。

そして僕自身は微弱ではあるが、個人の戦いとして地道にそして諦めずに続けている。

現在、この世界を支配しているシステムと、どう向き合うかが一人ひとりに問われている。そこにある問題は、すべての人が持つ重荷でもあり課題でもある。
僕の持つ思いを、ホセ・ムヒカの言葉で終わらせたい。

二〇二一年一〇月三〇日

安藤 清史

著者紹介

安藤 清史（あんどう きよし）

1950年北海道虻田郡洞爺村（現洞爺湖町）に生まれる。父が食糧庁で米等の検査官だったので日高地方を点々と転勤・転校を繰り返す。高校まで北海道にいて、大学受験で本州に渡る。

1969年、70年盛んだった学生運動だったが、運動・組織の分裂で結集軸が無くなり、以来大学闘争や三里塚闘争に自力参加し、山谷でアイヌのキタさんと出会いフラクションを開始、キタさんの死まで行動を共にする。

その後、在日朝鮮人の妻と子供を守るため埼玉県川口市を中心に、ささやかな地域活動を展開し、今日に至っている。

「ハルモニ、歌《うた》ってあげるね」――アイヌ、コリアンと共《とも》に生《い》きる

2021年11月30日　初版第1刷発行　　定価はカバーに表示してあります

編　者　安藤清史
発行者　河野和憲

発行所　株式会社　彩　流　社
〒101-0051　東京都千代田区神田神保町3-10
TEL 03-3234-5931　FAX 03-3234-5932
ウェブサイト http://www.sairyusha@co.jp
e-mail sairyusha@sairyusha co.jp

印刷／製本 ㈱丸井工文社
装丁 佐々木正見

落丁本・乱丁本はお取替いたします。　　ISBN978-4-7791-2800-4 C0036

いま、朝鮮半島は何を問いかけるのか

4-7791-2517-1 C0036(19・04)

民衆の平和と市民の役割・責任　　内海愛子、中野晃一、李泳采鄭、鄭栄桓 著

朝鮮半島を巡る動きは、南北朝鮮だけの問題ではなく、私達のこれまでの朝鮮への態度を深く問い直さなければ決して見えてこない。民衆の平和を東アジアに生み出すことができるのか？日本人、韓国人、在日朝鮮人と異なる背景の市民が対話を深めた。

四六判並製　2000円＋税

日本と朝鮮半島100年の明日

4-7791-1696-4 C0036(12・02)

新聞記者が高校生に語る　　朝日新聞社「百年の明日 ニッポンとコリア」取材班／著

韓国･朝鮮半島をどう理解し、どんな未来を築くのか。厳しい時代に生きた人々の壮絶な証言。連載記事と記者たちによる若者へのメッセージ。近現代史の現場からのリポート。貴重な声に耳を傾けてほしい。

四六判並製　2300円＋税

韓国スタディーツアー・ガイド

4-7791-2696-3 C0036(20・10)

韓洪九著 、崔順姫訳 、韓興鉄訳

韓国の近現代史の現場を韓国人歴史家が解説して歩きガイドする。植民地時代や朝鮮戦争の傷跡、民主化運動の歴史など、現在の韓国につながる史実の意味づけや、日本の影響を大きく受けた近現代史を批評的に語り歩く書。

A5判並製　2400円＋税

中央駅

4-7791-2611-6 C0097(19・11)

キム・ヘジン著 、生田美保訳

路上生活者となった若い男と病気持ちの女…ホームレスがたむろする中央駅を舞台に、二人の運命は交錯する。『娘について』を著したキム・ヘジンによる、どん底に堕とされた男女の哀切な愛を描き出す長編小説、初訳

四六判並製　1500円＋税

息吹よふたたび

4-7791-2716-8 C0036(21・04)

アイヌの人と共に　　富樫 利一著

強者は我物顔で先住民族であるアイヌを無視、制圧し、辺境に追いやり労働を強いた。暴力、強制、家族分断…言語・宗教・風俗・土地をも奪う非道がなされた。人間（アイヌ）の誇りの収奪。アイヌ文化忠言者による史的随筆。

四六判上製　2500円＋税

イフンケ（子守歌）

4-88202-195-7 C0036(91・04)

あるアイヌの死　　イフンケの会編

1988年、東京芝浦で不明の死を遂げたアイヌ青年酒井衛の生涯を遺稿、肉親および友人の証言で辿る貴重な記録。北方領土問題を含むアイヌ関係資料等を付し、民族問題の根幹に鋭く迫る。本多勝一、花崎皋平、菅孝行、加藤登紀子ほか執筆。（電子版）

四六判上製　2400円＋税